怪奇
博物館
The Strange Museum
202

見鬼直播

Seeing
ghost
live
streaming

夜不語——著

怪奇博物館

The Strange Museum

202

CONTENTS

序

我的二〇二〇年，又或許所有人的二〇二〇年，都註定和新冠病毒生死纏綿，留下永世不可磨滅的記憶。

前段時間，我實在憋得受不了，跑去新疆采風。結果正好遇到新疆疫情嚴重，封城。我被迫在車上住了十四天，才回到成都。

臨近元旦時，成都的疫情也突然爆發，據說是發現了好些無症狀感染者。成都封城，進出小區都要掃二維碼、量體溫，每個人都如臨大敵。

所以百無聊賴的我，哪怕是元旦，也過得平淡無奇。在家裡吃了湯圓後，連晚會都沒看，就早早去睡。

驚醒時，外邊正在放煙火。我住在高樓上，能透過落地窗看到整個城市。就在元旦的那一夜，睡得正迷糊的我有些恍惚，但瞬間就清醒了。

這世界好美。

我能看到滿城的煙火綻放，那破開天際，劃開黑暗的煙火，彷彿在怒吼、彷彿在憤怒、彷彿在發洩。

發洩這一年的苦難。

誰的二〇二〇年都不好過。

也包括我。

希望新的一年，大家都能順順利利的。病毒病毒快滾開！

前幾天成都降溫了，降到零下六度。天氣預報說，這是成都近六十年來最冷的天氣，沒有之一。

元旦過後，成都下雪了。

紛紛揚揚的雪下了兩天，已經幾十年沒有被白雪覆蓋的地面，久違的擁有了一層白。已經八歲的餃子開心極了，她帶自己的寵物兔在雪地裡奔跑、翻滾。

噴，典型的成都人。

成都人看到太陽和雪，都會像沒了魂似的。

好吧，本來還想多嘮叨幾句的，但外面的雪下得正猛，我實在是心頭癢。算了，算了，不寫了，下樓玩雪去。

噴噴，畢竟我也是典型的成都人啊。

二〇二一年已經到來，新的一年也希望我親愛的讀者們繼續支持我的新書。

愛你們！

夜不語

網路主播算不算職業？

現代人覺得算。

不過大多數人都不知道，網路直播也算是古老的行當了，類似古代的說書人。只是觀眾的形式變了，從人直接面對人，變成了主播面對鏡頭，而觀眾面對冰冷的螢幕。

鍵盤前沒人知道你是不是一條狗，這句話，在直播業也適用。但你們不知道，古代的說書人，本就是個危險的行當。而如今的直播，同樣如此。

因為這個行當本身，容易招引邪穢，帶來災厄。

——引子——

在法國哲學家科耶夫看來，人需要在與他人的互動中征服對方來獲得社會性的滿足感。

征服不了怎麼辦，喜歡宅怎麼辦？

那就來看看千奇百怪的UP主，以及各式各樣的直播吧。

最近十年流行起來的直播，和看小說看電影玩遊戲一樣，能夠給人帶來滿足感。

所以雖然這個行當興起不久，但已經成為了競爭的紅海！

彷彿一夜之間，網路主播多如狗。

「老鐵們來一波666，今天兄弟我準備帶老鐵們看一波精采的。你們絕對想像不到，在安西這座大城市，至今還有九塊九，就能吃喝玩樂三天兩夜的行程。這種廉價的行程一般都是個大坑啊，朋友們。

「跟著兄弟我，今天咱們就探秘一回。有感興趣的老鐵請點關注。手頭寬裕的，禮物刷起來，666！」

王輝一邊對著手機鏡頭誇張的喊叫著，一邊盡量用自拍棒把鏡頭拉長，將自己的上半身框入螢幕中。

他今年二十三歲，他覺得命運對他不公平。

很小的時候，村裡的老人就經常對王輝說，你們算遇到好年頭了，這是最好的時代，因為你們有無限的可能。

但長大後王輝才驚然發現，特麼這哪裡是什麼最好的時代？對他而言，這分明是最糟糕的時代。無限的可能他沒看到，卻發現這個時代有無限的選擇。

人類是一種奇怪的生物，明明無限的選擇是一件好事，但對大多數人來說，無限就代表沒有選擇。

王輝一畢業就陷入毫無選擇的境地。他專科，文憑不硬，畢業後基本上找不到好工作。

於是他又發現了一個關於這世界的秘密，那就是社會對不好好讀書、成績不好，沒有考上好大學的人的懲罰，是多麼的可怕。

王輝畢業後，為了在安西這種城市活下去，他當過裝卸工、去過富士康的流水線組裝水果手機。這幾年來他幹過許許多多的工作，但是薪水都不高。買房子，娶媳婦？遙遙無期！

王輝的生活，就此陷入絕境。

直到一次，他偶然見到路上有許多開直播的人，這彷彿為他打開了新世界的大門，原來當網路主播，是能夠掙錢的，而且如果幹得好，還能掙大錢。你看那個誰誰誰，只是當了幾個月網路主播而已，別墅、香車美女全都有了。

這個時代，他媽的真是太好了。

當網路主播的門檻非常低。一台配備不高的電腦、一個十多塊錢買來的無線麥克風，一根幾塊錢的自拍棒。

傢伙就齊了。

可進入這行以後，王輝驚訝的發現。和他同樣抱著一夜暴富想法的人，比想像中更多。

剛開始，王輝就只是在網路平台上，直播一些日常生活而已。他打工的地方、他的衣食住行……

但進入直播間的粉絲寥寥無幾，沒有人關心他無聊的生活，因為生活無聊，本來就是每個人的日常。

他為了當主播辭了工作，每天都在吃灰，存款就快耗盡了。

直到有一天，他喝醉了，覺得命運掐得他喘不過氣，每一條路都被堵死。活著，他只是想活著而已，怎麼就那麼難？

藉著酒精，他幹了一件蠢事。把啤酒、白酒，和醬油、醋、味精混合在一起，在螢幕前歇斯底里，一口氣將這些噁心的混合物吞了進去。

第二天清醒後，他照常打開直播軟體的後台。突然，王輝整個人激動的跳了起來！一夜間，他增加了五千多的粉絲。有七十多人打賞，這一個晚上他就掙了一千塊，比他累死累活打工十天都強。

當網路主播，是真的可以賺錢。幹得好，真的能夠爆富。

那一刻，王輝更加堅定了自己要當網路主播的決心。從此以後，他腦洞大開，想出各種各樣奇葩的直播方法，就這麼吸引了幾萬名粉絲。他的生活逐漸好起來，他的人生開始散發光芒。

他發現，奶奶的，人生這款難度極高的遊戲，其實在擁有金錢的時候，和別的氪金遊戲也沒什麼不同。

只要儲值，人生的難度就會降低很多。

不過好景不長，人對相類型的事物總會有疲憊的時候。奇葩的直播看多了，也就不再感興趣了。最近王輝的直播間，同時在線人數急遽降低。他很焦慮，頭髮一把一把的掉。他急切的需要一個突破口，讓那些棄他而去的粉絲們回來。

前些天，王輝剛巧看到一則新聞，是關於參加低價旅行團被宰，於是這傢伙靈機一動，突發奇想，眼前一亮。

在直播間預告自己下一期，將直播低價旅行團怎麼坑人。

沒想到這直播預告吸引了大量的圍觀群眾，感興趣的人非常多。其中有一個粉絲還私信他，並且打賞了一大筆錢。

那位粉絲提到：「主播，主播，安西城有一種九塊九，吃喝三天，還送你一大堆禮物的低價旅行團。那個旅行團據說非常的有意思！」

安西城不正好就是王輝所在的城市？這簡直是想瞌睡了就有人送枕頭！王輝正好找不到突破口，他連忙聯絡那位粉絲，讓他和自己一起去體驗一下低價旅行團究竟是如何宰客的。

九塊九，吃喝玩樂三天三夜，怎麼想，宰客的鐮刀都很鋒利啊。這種直播，絕對很多人感興趣。

王輝萬萬沒想到，這場直播，會將他拽入地獄！

直播第一天！

「老鐵們。看過我直播的應該都知道。我住陝西省，安西市。安西，是六朝古都，擁有好幾千年的歷史底蘊。這裡的文化遺址非常豐富，文化遺址多到什麼地步呢？打個比方，你們應該知道，安西至今規劃地鐵二十餘年了，可一條都沒有蓋出來。

「因為每次挖地鐵隧道，一開工，就挖到文物。根據文物保護條例，得，地鐵工程就停工了。

「正因為文化古蹟多，所以造就了許多坑蒙拐騙的低價旅行團。但由於最近安西在創建文明城市。導致我這次直播的第一個重點，尋找坑貨旅行團的第一站，就受到了巨大的暴擊。

「因為我發現，這些低價旅行團似乎一夜間全消失得一乾二淨，無論是我在網站上找、還是在街上閒逛，花了兩天時間，居然硬是沒有找到低價旅行團的影子。

「這特麼不科學啊，以前大街小巷老多了。

「我頓時迷茫了，絕望了。這他媽啥東西啊？

「但是老鐵們，你們兄弟我是誰，我有堅忍不拔的意志，不達目的誓不罷休的決心。我在一位朋友的介紹下，走了整整一天，終於在一個角落裡找到一家還在營業的，一看就是以騙人為目的的旅行社。

「來，老鐵們，給你們看看開開眼。」

王輝說著，將手機的前置鏡頭朝右邊挪了挪。一棟掛有大量老舊招牌的房子，出現在觀眾眼前。

直播間裡的觀眾們看到了一個招牌黑不溜秋，以一棟小二層底樓作為門面的旅行社。這家旅行社乍看之下就不太正規，建築不符合消防法規不說，還違反了廣告法和城管法，外牆上貼滿了大量的旅遊廣告。

其中九塊九三天逍遙遊的古城旅遊團，顯然是該旅行社的主打商品，沒有之一。旅行社以巨幅海報，貼在最顯眼的位置。

「喂喂，主播，這家旅行社看起來瘮人得慌，就連名字都很古怪。有去無回旅行社。」

螢幕裡，一眾彈幕飄過去。

「兄弟，九塊九三天兩夜，古城旅遊絕對是個坑，這個坑你一定要踩啊！不踩就是王八蛋！你能活著回來，我打賞你兩個火箭。」

「哥們兒，不要想不開，好好找一個正經的工作做吧，你看你一天到晚直播的都是些啥，一點正能量都沒有。」

「不可能，我就是安西的。現在怎麼可能還有九塊九三天兩夜的旅遊行程，最近稽查得那麼嚴。」

「咦，我也是安西的。怪了，你這地方叫明皇路吧，我前段時間還住在那附近。這地方我熟悉哇，那兒明明就沒有什麼旅行社吧！

「我記起來了，那叫啥有去無回旅行社的位置，原本應該是一個小賣部，現在為什麼變成了旅行社，而且這旅行社好像還開了很久很久的樣子，難道是我記憶混亂？」

看著亂哄哄的彈幕，王輝笑了起來。

開九塊九暢玩三天的低價旅行團的直播，這個方向確實是對的。原來的他開一個直播，同時在線人數也就幾百個人。但今天，觀眾人數已經上跳到兩千多人，而且，還有越來越多的趨勢。

「老鐵們，我準備現在就走進去報名。希望他們家九塊九的行程不要取消了才好，不然我又白跑一趟了。現在的安西想要找到這麼宰人的行程，不容易啦。」

王輝一邊說，一邊將手機藏好。又道：「老鐵們。我等會兒會把手機藏在外套包裡，另外，手提包裡我也藏了一台 GoPro。待會兒你們看到的畫面可能會稍微抖動，畢竟是偷拍嘛，不能讓別人看到。萬一他們打我怎麼辦，對吧？」

王輝為看直播的觀眾展示了自己藏有運動相機的手提包，接著深吸一口氣，故意裝作緊張的模樣，推門走進旅行社中。

「歡迎光臨！」

旅行社的門內，發出了八〇年代才有的合成電子音，那足以引起恐怖谷效應的冰冷的聲音，讓人非常不舒服。

這間旅行社很小，大概只有四平方公尺，一進門就是一個紅色的櫃檯。在昏暗的燈光中，紅色的櫃檯就彷彿一口棺材橫在王輝面前，他不由自主的打了個冷顫。

好冷！明明安西已經入冬，現在外面只有零下五度左右。可這家店鋪竟然沒有開暖氣。

不，不對！店裡不是沒開暖氣那麼簡單，甚至還要命的將空調的冷氣也開了。這要命的溫度，奶奶的，比外面還冷。

王輝噴出一口白氣，他感覺自己冷得在不住的顫抖。這間店的老闆，絕逼到更年期了！

紅色櫃檯後面，一個人也沒有。

「有人嗎？老闆在嗎？」王輝喊道。

只聽「啪啦」一聲響，櫃檯後邊一扇小門打了開來。

王輝頓時眼前一亮。

咦，這個老闆娘可以哦！

他覺得這一刻再冷都值得。

本來覺得這間有點破破爛爛、裝潢陳舊的店鋪，應該是老年人在營業，沒想到出來的竟然是一名妙齡女性。這老闆娘大約只有三十歲不到，走起路來，婀娜多姿，那水蛇腰，簡直迷死人不償命。

老闆娘看向王輝，一顰一笑間，彷彿鮮花綻放。不清新，但是足夠妖豔。

「客人，小店的旅遊行程，你有看中的嗎？」老闆娘很熱情，聲音同樣異常好聽。王輝魂兒都要掉了。

他手機螢幕裡彈幕又活躍起來，這個出乎意料漂亮的老闆娘給王輝的直播間帶來了一波熱度。

「兄弟，你哪找來的演員啊？這麼爛的店有這麼漂亮的老闆娘，絕對是你找來的！」

「不對啊！喂喂，你們有沒有覺得那個老闆娘朝主播隱藏手機的位置看了一眼，難道鏡頭被發現了？」

「不可能發現的。如果偷拍被老闆娘發現了，她怎麼可能沒有反應。肯定是你看錯了。」

「你看主播看老闆娘的表情，哈喇子都流出來了。主播，快看地上，你節操掉了！」

「咦，為什麼你們一個個都說這個老闆娘漂亮，難道就我一個人覺得這個老闆娘又老又醜，長得像個骷髏似的嗎？」

這條彈幕一出，後續彈幕立刻就爆炸了。

「兄弟！你該去看眼科了，看眼科花不了多少錢。這麼漂亮的老闆娘在你眼裡竟然和枯骨差不多，你是哪裡有問題吧。」

「喂喂，不要這樣說人家嘛，萬一人家只是性向有問題呢。」

「你們在玩兒我吧，我很認真，那老闆娘明明恐怖得很啊。」

由於手機藏著，彈幕王輝一個也沒看到。他確實被老闆娘迷得有點受不了，還好他做主播有段時間了，很快就回過神來。

他擦了擦嘴巴，笑咪咪的問老闆：「老闆娘，有什麼好的旅遊行程推薦？我窮，還是個學生，太貴的就算了吧。」

「你想要什麼行程？我這裡什麼都有。」老闆娘用那雙勾人的魅眼，向王輝眨了眨眼睛。那萬千風情，讓王輝的心臟小鹿亂撞。

「那個九塊九三天兩夜的旅遊行程就挺不錯的。給我來兩個。」王輝厚著臉皮說。

老闆娘的眼睛笑成了月牙：「客人好眼光。這可是我們家主打的行程，別家都沒有。九塊九，三天兩夜，吃好玩好住好。絕對沒有強制消費。」

老闆娘一邊說一邊轉過身去，她那高開衩的旗袍下，高高翹起的臀部，看得王輝和一眾觀眾心曠神怡，心猿意馬，魂不守舍。

王輝顯然被色迷了心竅，沒有注意到一件事。但觀眾們卻替他注意到了。

彈幕中，有人寫著：「兄弟們，兄弟們有誰在看嗎？你看這個美女老闆娘，她只穿了一件薄薄的秋季旗袍，她不冷嗎？剛剛主播明明說這個房間沒有暖氣呀！要知道安西現在的溫度，可是要凍死人的。」

「切，主播說的你也信，你看看。這明顯是串通好的嘛。這個漏洞記住了，等會兒要考。」

沒等多久，老闆娘抽出兩張合約，輕輕放在紅色的櫃檯上。

那兩張合約，Ａ４紙大小，卻竟然是黑底白字！

此時也有彈幕彈了出來。

「各位兄弟。這合約怎麼和我們平時簽的不太一樣？合約不都是白底黑字嗎？這兩張合約放在那個大紅棺材一般的櫃檯上，看起來就像是在棺材上貼了兩張符。好恐怖啊！」

一眾彈幕表示同意。

假如王輝沒有私下偷拍，沒有走進這間旅行社。假如他看到當時觀眾彈出的彈幕，或許一切都可以挽回。

但世界上哪有那麼多如果。

他沒怎麼仔細看合約，就大大咧咧的簽下自己，和將與自己同行網友的名字。然後依依不捨的離開這家旅行社。

直播第二天。

一大早，王輝帶著自己早聯絡好的網友楓葉，來到集合地點。

這老闆娘漂亮是漂亮，就是人有點怪。她不用微信，也不會發簡訊，而是手寫了一張旅行團集合地點和時間的紙條，讓王輝不要錯過時間，走錯地方。

早晨五點三十分，安西的天還沒有亮。王輝和楓葉起了個大早，在城牆根下找了個露天早餐店，吃著油條喝著暖呼呼的豆漿。

到六點天矇矇亮的時候，一輛黑色旅遊大巴猶如幽靈般靜悄無聲的從灰黑的黑暗中鑽出來，停在城牆下方。

黑色的車廂上貼著鮮紅色的一行字：「古城旅行團」。

「就是這輛車了，挺大的嘛！」王輝迅速將油條塞進嘴巴裡，小跑著湊到車前邊。

「您好。」車上有個導遊走下來和他核對身分。這個導遊也異常漂亮，是個只有二十來歲的年輕女性。女孩很熱情，將王輝來人安排到了車尾。

兩人打量著車內的環境，坐下後，王輝又開始了直播。這次他明目張膽許多，畢竟可以用玩手機當作掩護。

王輝對著鏡頭悄聲說：「老鐵們。我已經順利潛入旅遊車內，這輛大巴好恐怖，居然是黑色的。我越看越覺得這就像他媽個棺材，我們就坐在棺材裡邊。老鐵們，把九字真言打在公屏上，給兄弟我壯膽。」

他說完又轉向網友楓葉，說道：「這位是楓葉。我臨時聯絡的網友，也是我直播間的忠實粉絲。這次多虧了楓葉兄弟提供低價旅行團的資訊，我才能順利參加。

「來，楓葉兄弟，給大夥打個招呼。」

楓葉大概二十來歲。這男生長相有點靦腆，他扶了扶眼鏡，文質彬彬，拘謹的對著螢幕說：「大家好，我是楓葉。是土生土長的安西人，今年讀大四。從小咱就對安西本地的文化感興趣，所以特意考了考古相關科系。」

「剛剛我也提到過，能找到這家旅行社是託楓葉兄弟的福。說實話。兄弟們，我在之前還是挺擔心的，主要擔心三個方面。」

王輝停頓了一下，偷偷瞅了瞅大巴前方。此時，已經陸陸續續有二十多個遊客上車了。有幾人還坐到他身旁不遠處，王輝只得再次壓低聲音：

「第一，我擔心。因為價格太便宜了，萬一旅行社不來接我們怎麼辦，我們被耍了怎麼辦？

「第二，我擔心如果這是正規的旅行團怎麼辦，如果不夠坑怎麼辦？

「第三，真的有那麼多人，會報名參加這種一看就有問題的旅行團嗎？」

說到這兒，王輝笑起來：「但我上車後不久，就發現我所有的擔心都是多餘的，一切都正朝著我預想的方向發展。這旅行團是真的坑爹，因為一上來，導遊小姐姐就告訴我們，這是一個購物團。但是，這三天行程，所有購物項目都不用錢。

「說實話，我心裡是快笑瘋了。購物不需要錢，對呀，他們確實不要現金，但他們不坑光你銀行卡上最後一個銅板，是絕對不會放你下車的。

「兄弟們！現在已經陸續上來了三十多個遊客。給你們看看啥情況。」

王輝將鏡頭一轉，讓鏡頭能盡量拍到車內的狀況。

包括司機和導遊，整輛車裡坐了三十來個人。這些遊客應該是剛到安西不久，帶著外地遊客特有的笑容。有情侶、有老人，也有帶著小孩的父母，他們嘰嘰喳喳說個不停，興奮的情緒瀰漫在大巴中。

王輝道：「兄弟們，看到這些遊客了嗎？這些人看起來都是從小城市小地方出來的，他們完全不知道低價旅行團的陷阱和套路。待會兒他們肯定會被坑得要哭。」

螢幕上，眾多彈幕一條條飄過。

「主播，你應該好好提醒他們。這些人都是無辜的。他們被坑的很有可能是幾個月，甚至幾年的積蓄。沒有這些積蓄。他們何止會哭。或許連……」

「聖母婊！聖母婊！前排是聖母婊。」

話沒說完，一大群彈幕將上一個彈幕刷了個乾乾淨淨。全是罵對方聖母婊的。

王輝和楓葉笑嘻嘻的看著直播螢幕，進來看直播的觀眾數量越來越多了。甚至一度超過了他曾經的最高播放數，一萬人。

這是要火的節奏啊。

王輝有些激動：「兄弟們！如果你們想知道我和楓葉是如何被坑，被坑得有多慘。請不要離開直播間，繼續往下看。先來洗洗眼睛，看一下這次的導遊小姐。哇！這家旅行團真是寶藏哇，老闆娘是美女，就連導遊小姐姐同樣也是個小美女。」

王輝將鏡頭轉向了導遊。

導遊確實是一個小清新的美女，或許剛出社會不久，還帶著沒有被社會鞭策過的青澀。大巴開始緩緩啟動，從古城牆下，匯入車道。

導遊小姐姐在行駛的大巴上清點完人數，拿起麥克風，開始介紹安西的歷史：「大家好，咱們是有緣才會不遠千里萬里相聚在一起。這次行程，人家如果有招呼不周的地方，請多擔待。

「安西是一座有著上萬年歷史的古城，世界著名的文化古蹟也有不少。特別是秦皇陵，以及兵馬俑和萬人坑。今天沒有購物行程，我將帶你們去著名的旅遊景點看一看。大家有什麼不清楚的地方，都可以問我。

「對了，我叫小倩。」

王輝對著螢幕呵呵兩聲：「兄弟們看到沒有？導遊已經開始忽悠了，你不要看她年紀小，人漂亮長相嫩，她忽悠人起來，真是一套又一套啊！我猜今天玩的都是盜版景點，吃的都是垃圾食物。」

可接下來一整天的行程，完全沒有按照王輝的預想發展。

他幾乎都懵了。

因為旅行的第一天，真的就和導遊小姐姐說的一模一樣。遊覽了秦始皇陵、看了兵馬俑。而且午餐和晚餐都是十個人一桌，大魚大肉應有盡有，晚上還安排了昂貴的《長恨歌》表演。

不要說團費九塊九了。就算是兩三千的三日遊，也比不上這旅行團的檔次。

等到晚上十一點，導遊小姐姐將眾人送入酒店時，王輝和楓葉更加懵得厲害。

他們下榻的地方特麼居然是安西城最豪華的五星級酒店，標準房一晚上據說都要兩千多塊。

但他們的入住地點確實就在這裡，看著寬闊的雙床房，看著安西恢宏的夜景，王輝的內心是崩潰的。

他的直播中立了許多flag，現在自己被自己打臉，打得啪啪啪響，簡直不知道該怎麼繼續直播下去。而他直播間的許多觀眾，也都表示了自己的驚訝。

這一點從彈幕上就能看出來。

「主播兄弟，今天起你就是我親哥了。求安利你報團的旅行社，我只要玩你今天任何一個行程，就都值回票價了。」

也有彈幕說：「瞎啊你，現在給你的蜜有多甜，明後天揮下去的砍刀就有多狠。」

第一個彈幕的觀眾回覆：「管他後面兩天會發生什麼事，總之今天爽了就完。大不了老子第二天一早就開溜。她還能拿我怎麼樣，導遊小姐姐短胳膊短腿的，來砍我收我的命啊？」

彈幕中眾說紛紜，但大部分都在求王輝私信他們旅行團的報名連結。

還有一小部分觀眾質疑這是一場種草直播，他們紛紛猜測其實一切都是主播王輝在譁眾取寵，為了吸引觀眾的眼光增加關注度和曝光度，特意搞出來的套。昨天的旅行社老闆娘和今天的導遊，甚至大巴上的乘客，都是主播王輝請來的演員。

這讓王輝的臉色一陣青一陣白，這可不是他想要的直播，搞不好，他的名聲會被搞臭啊。雖然明明是低價旅行團讓他出乎了意料，可觀眾的連連質疑，以及大量離開直播間的觀看數，搞得王輝拔涼拔涼的。

王輝和楓葉百思不得其解。

不應該啊，九塊九，三天兩夜的低價旅遊行程，以今天的豪華程度，不把車上的三十個人宰得傾家蕩產，怎麼可能回得了本，賺得了錢？

不知為何，王輝隱隱有點不安。

「等明天吧，看看到底是怎麼回事！」

王輝躺在軟綿綿，乾淨整潔的五星級房間中唉聲嘆氣，不知不覺就睡著了。

他期望，第二天事情會有反轉！

直播第三天。

第二天早晨一早醒過來，吃了早飯，上了車，王輝期待的反轉果然出現了。導遊小倩介紹說，今天一整天都沒有旅遊行程，全是購物。

而且只去一間購物商店。

模樣清秀的導遊妹子一上車就開始科普起安西的特產。說什麼安西只有一種東西最多，那就是古董。

但是古董這東西，真真假假。不是行家，根本不知道裡邊的門道。王輝裝作低頭看手機，實際上他的直播鏡頭一直都在導遊小姐姐身上。

嘴裡嘰哩呱啦的小聲和觀眾們互動著。

螢幕的一眾彈幕，幾乎全是對導遊小姐姐的評頭論足。突然，一個有些與眾不同的彈幕，吸引了王輝的注意。

彈幕用的是紅色，鮮紅色，紅得像是血。這種顏色，是需要花錢才能發的。和普通的免費白色彈幕完全不同，顯得鶴立雞群，引人眼球。

「主播，快逃。我上次有個親戚也玩了這家的旅行團，可他再也沒有回來過。至今，他的資料還在警局的失蹤人口檔案中。

「現在！馬上！從旅行車上跳下去，或許你還有活命的可能！」

一連串的驚嘆號，一連串的紅色字幕，讓觀眾和王輝都停頓了幾秒。螢幕少有的空白之後，是瘋狂彈出的彈幕，觀眾們瘋了似的，有罵的，也有附和彈幕內容，催促王輝趕緊跳車的。

也有懷疑派的彈幕三連：「前面的兄弟，我看你是主播派來的吧，就為了烘托恐怖氣氛。他給你一天多少，我胡漢三加倍給你。」

「兄弟，你是不是羨慕主播的生活，想代替他的名額好好享受一番人生啊。醒醒吧，少年。」

王輝對那個彈幕的話一笑置之。這世上什麼人都有，直播行業待久了，真的什麼人都能遇到。比那個人還瘋言瘋語的情況，王輝也碰到過。

但是發紅色彈幕的人，顯然孜孜不倦，依舊在勸他。那人的紅色彈幕想忽略都不行，畢竟人家氪了金，浮在所有彈幕之上。

「主播兄弟，聽我一聲勸，馬上立刻跳車。你要是不信的話，也千萬不要進購物店。實在沒辦法進去了，也萬萬不要買任何東西。不然就真的晚了。」

王輝感覺有趣，他好久沒遇到過這麼執著的觀眾了。這種人想像力通常都很豐富，而且還有一定的強迫症。你看，這傢伙就一直在即時的編故事嘛。

大多數人也將那傢伙當作了神經病，調侃他的彈幕滑過一波又一波。

那位發彈幕的人顯然清楚多說無益，最後只是留下了一條長長的彈幕。鮮紅色的彈幕就像血，佈滿整個螢幕。

老實說，這詭異的彈幕，讓王輝感覺背後涼颼颼的。

「主播兄弟，如果你不信我的話，那我就說說那位美女導遊接下來將會帶你去的購物場所。

「那地方一進門就有兩隻大獅子，那獅子十分詭異，是你一看到就覺得不對勁的那種。你的眼睛，千萬不要和石獅子對視。它瞅你，也不要回頭看它。

「購物大廳裡，有專人帶你們進去購物。購買方式類似競拍，往往一整天都只拍賣某一樣物件。

「那物件只要是正常人類，就會貪婪眼饞。而且購物店中的物件，是不能用錢購買的。做人不要太貪心，千萬不要買，更不要競拍。你輸不起！

「兄弟，聽我一聲勸。你如果僥倖有命從旅行團逃回來的話，去找份正正經經的工作，不要再幹直播這個行當了。

「直播很危險，不是你玩得起的。

「言盡於此，希望我之後不會在安西官方報紙的失蹤欄裡看到你的名字。」

紅色彈幕的殘影久久的留在螢幕上，映得王輝瞳孔裡滿是鮮紅。他愣了愣神，好久後，才裝作詼諧輕鬆的，對直播軟體說道：「謝謝這位兄弟的警告。我待會兒絕對不會買任何東西。知道我的人都曉得，我王老五一個，窮得很，沒有誰能從我口袋裡掏出那幾個銅板兒，放一萬個心好了。哈哈。我是不是第一個將窮說得這麼清新脫俗，這麼理直氣壯的主播來著？」

直播就是這樣，哪怕螢幕對面說的是睜眼瞎的話，他也要違心的硬接過來。畢竟他是靠流量和打賞過日子的，跟古代的說書人差不多，都是在賣故事。

每一位進入直播間的觀眾，都會轉化為人見人愛的鈔票，他們都很重要。

可是事情朝著越來越不對勁的方向發展，王輝萬萬沒想到，後面的事似乎真被那位觀眾說中了。

導遊小美女拿著麥克風，一直在賣關子，吊大家的胃口，從古城的歷史談到秦始皇的追求。聊了一會兒，導遊突然看了王輝一眼，問道：「這位先生，你知道秦始皇臨死前最想得到的是什麼嗎？」

猛地被抽問，王輝一臉愕然的反問：「啊，他都要死了，還能想啥！」

車內眾人被他的茫然逗得一陣亂笑。

導遊小倩也笑得花枝亂顫合不攏嘴。這時，旅行團一個老人冷不丁的說了一句：「小夥子，你這就不懂了。秦始皇這輩子只想兩件事，一是統一六國，二就是長生不老了。」

「老爺子，您回答正確。」導遊笑咪咪的對著老人直點頭：「就和這位老爺子說的一樣，秦始皇臨死前，作夢作的也是長生不老夢。但他到死之前，都沒有等來長生不老藥。

「不承想，其實長生不老藥，在他死後不久就被徐福從仙島送回長安。但一代帝王已然逝去，長生藥，只好和他的帝王主人一起埋進厚厚的陵墓中。」

聽到這兒，王輝有點摸不著頭緒。這導遊小姐姐在胡謅啥啊，怎麼扯到長生不老藥上去了。

導遊繼續說：「待會兒我們去的那家店，幕後的老闆，從前是安西城最著名的地爬子。什麼是地爬子？不知道有沒有人看過盜墓小說的，對、對、對，地爬子就是盜墓賊。

「那家店的老闆金盆洗手後，開了古董店。他們的招牌就是秦始皇的不死金丹，今天大家有福了，古董店正巧在拍賣這枚金丹，價高者得。大家如果有興趣的，也可以去競拍哦，說不定運氣好，拍中了，那長生不老藥就是您的了！」

王輝和楓葉對視一眼，兩個人眼中都有掩飾不住的興奮。

臥槽，實錘了，這絕對是坑爹坑娘，坑祖宗十八代的騙子團。雖然第一天的高規格將它本來的面目隱藏了起來，弄得王輝有點懵。不過旅行團終於將獠牙露了出來。

太好了！連秦始皇的不老金丹這種瞎忽悠都編排得出來，是要準備測試冤大頭們的智商嗎？

喂喂，不會真的有人相信吧！

可是沒多久，王輝和楓葉，簡直要瘋了。本以為連白痴都不會相信的瞎話，不可能有人相信。但其他的遊客的反應，真的讓兩人抓瞎。

秦始皇的不死金丹拍賣這件事，讓整個旅行團的人都沸騰了，唯獨就只有他們倆不興奮。

一車人男女老少鬧鬧哄哄，激動得不得了。彷彿完全信了那位漂亮導遊小姐的話，迫不及待想將不老金丹買下來，嚐嚐長生不老的味道。

旅行車內的氣氛火熱，不知不覺間，車已經駛入崎嶇的盤山路。路越來越偏僻狹窄，最終在一處大院前停了下來。

王輝探頭一看，頓時極為驚訝。只見這處大院恢宏無比、氣勢非凡、古色古香、韻味悠長。如此出眾的建築，不要說只在安西混了幾年的王輝，就連土生土長的楓葉都從來沒有聽說過。

楓葉輕輕扯了扯王輝的袖子：「王哥！這地方是哪兒？」

「鬼知道啊！你是安西本地人，應該你告訴我才對。」王輝咂咂嘴，不斷打量這古董一般的建築群。

這些建築有些年頭了，卻沒有國家古建築名錄的標誌，這非常怪。況且，他們從來沒有聽說過安西有類似的古建築群落。

就算有，也早就圈起來當作景點賣門票了。

不用導遊催促，車上的遊客蜂擁著一鼓作氣向外竄。王輝和楓葉故意慢吞吞的走在最後邊。

剛下車，他們倆同時渾身一抖。

只見兩尊碩大的，足足有五公尺高的石獅子盤踞在古建築的正門口。但是這些石獅子非常的怪異，看模樣像獅子，但細看，更像是某種長相是獅子的怪獸，實際上是什麼？他們沒看懂。

石獅子的表情也怪得很。臉上充滿著怨恨，彷彿地獄爬出來的惡鬼。它們的視線沒有像普通的石獅子那樣斜著頭望向天，而是筆直的瞪著地。

王輝猛地打了個冷顫，是巧合還是意外，這對石獅子，被剛剛那位紅色彈幕的觀眾說中了。

王輝不敢看石獅子。可他卻渾身不自在，彷彿那對石獅子翻白的眼珠，正在盯著他看，看得他背後發涼。王輝內心恐懼，他忍不住轉頭望過去。頓時，石獅子的視線又恢復了正常，依舊是斜著往下。

就像剛才死死盯著王輝的猙獰表情，只是一場白日夢。

王輝心裡直打鼓，糟糕，他不小心看到了那對石獅子的眼睛，和石獅子四目相對了。會不會真的出什麼事？

懷著忐忑的心情，他和楓葉跟著導遊小姐姐走進那座古老的建築群，其後，就再也沒有出來過。直播間的觀眾們愕然的發現，在王輝走進去的瞬間，直播就突然斷了。眾多的國罵聲不絕於耳，沒有東西可以看的觀眾們在黑漆漆沒有畫面的直播間各自散去，到其他主播那裡尋求滿足感。

沒人還記得王輝這個小小的主播是誰。

幾天後，安西當地的晚報上，刊登了一則尋人啟事。這則尋人啟事混合在眾多尋人啟事中，與無數牛皮癬訊息堆積在一起，毫不引人注意。

「王輝今年二十三歲。於五日前參加低價旅行團後失蹤。有線索者請撥打 XXX，重金酬謝。」

這則尋人啟事下方，有更多的尋人啟事。無一例外，都是失蹤案。

「某某主播，女，二十七歲。十五天前，在安西直播時意外失蹤。」

「某某主播，男，四十三歲。在安西直播文化古蹟時，於秦始皇陵失蹤。有知情者請速聯絡其妻子。張志陽，你老婆兒女，都在等著你回來！」

這些登載在傳統報紙上的失蹤訊息，在這個資訊爆炸的時代，完全沒有引起人的注意。更沒有人發現報紙上，最近刊登的失蹤案，竟然清一色，全都是網路主播……

不，哪怕有人發現了，也沒有人在意。

在這個冷冰冰的時代，一個人失蹤了，消失了，哪怕發生神隱現象就在身旁，也掀不起一絲漣漪。

在意的，永遠只是那些人的父母親人，僅此而已！

01 穢術學院

下雪了，春城想要下一場雪真的很不容易。

在這個變動很快的都市中，哪怕只是離開一小段時間，街上的變化也是明顯的。冬天的春城，就比秋天蕭索了許多，許多。

滿街的梧桐已經落盡，由於冬天來得太早，金黃的銀杏葉子才剛剛落地，鋪得地面，一片金色，煞是漂亮。

一陣風吹過，夜諾裹了裹身上的羽絨衣。在這銀裝素裹的世界，他踩著六親不認的步伐，鞋子和雪接觸，發出「噗滋噗滋」的聲音。

夜諾感覺很有趣，他像個小孩子，在雪地裡踩出一長串的腳印。

上次從石市平安歸來，打開暗物博物館的第四扇門以後，夜諾就一直在休整。期間，他抽空看完了第四扇門內的所有書籍和前輩們的手札，獲取了許多用得到和用不到的知識。

由於上一次的任務是獨力完成的，讓夜諾的實力有了長足的進步，他吸收了大量的穢氣，將其轉化為自身的力量。

實力增長的同時，夜諾還從博物館中得到兩個獎勵。

其一是嘆息之壁。

這是個小盾牌模樣的遺物，平時可以套在手上。一旦用除穢術激發後，就會瞬間展開，並根據輸出的能量大小，來決定質量、形狀以及堅硬程度。

據說這嘆息之壁甚至能做到無堅不摧，用到後來，可以阻擋所有的穢氣以及除穢師的攻擊。不過現在的夜諾，肯定達不到無所不擋的最強效果。

但作為結界術的高級替代品，它要比結界術更加可靠和省力氣。

另一樣東西，讓夜諾非常意外。居然是伏羲水鏡的使用說明書。

看來整個博物館確實是有智慧和意識的，它清楚的知道夜諾已經和伏羲水鏡接觸過了，所以按照進度，特意以這本書作為獎勵。

說實話，夜諾對伏羲水鏡非常好奇。作為整個龍組的核心，這件遺物非常的不得了。

通讀了伏羲水鏡的使用說明後，夜諾對這件遺物有了更深刻的了解。也更有信心，能夠在不久的未來，將整個龍組握在手中。

回到博物館的夜諾沒有著急去接第五扇門的任務，由於休息期還剩下很多，他約了慕婉要在春城好好玩幾天。

夜諾也約了季筱彤一起。這冰冷的女孩，一直都死皮賴臉的待在春城不走，為的就是等夜諾。

其實季筱彤對夜諾的感情很複雜，自己內心到底是什麼想法，她自己也不太清楚。於是每次逛街，春城繁華的步行街都會出現令所有雄性生物羨慕嫉妒恨的一幕。一位身材高眺，凹凸有致、面容冰冷的三無女，挽著一個長相還算過得去的男子，而那名男子右手邊上，還有一隻會令所有雌性生物尖叫的瓷娃娃般的小蘿莉。

這種豔福，氣得人牙癢癢的。

夜諾倒是無所謂，他本就不是那種會在乎別人的眼光的人。期間，他也仔細詢問過季筱彤龍組的事。

季筱彤知無不答，她從靈魂深處，就絕對不會拒絕夜諾。

但夜諾失望了，他從季筱彤口中能知道的東西，並不多。這個三無女清心寡欲，感興趣的東西太少了。對於龍組，她其實知道的也不多。

「夜先生，你，對，獎勵，不感，興趣？」季筱彤倒是聽出了夜諾的失望，她略有些驚訝，連這個被各家族爭搶了數百年的頂級聖物，夜諾都不感興趣，嘻嘻，自己看中的男人就是與眾不同！

夜諾不置可否。

他何止對獎勵不滿意。

上次人才評定考試，他以有史以來的最高分取得了第一名。本以為龍組能拿出最好的東西來獎勵他，沒想到，卻只獎勵了一個令夜諾大失所望的物件。

這物件，或許會令所有知道它底細的除穢師瘋狂，讓所有的大家族垂涎。

可並不包括他。

說實話，這東西夜諾根本就不缺。甚至只要博物館權限點夠的話，他隨手就能製作，而且沒有上限。要多少有多少。

因為這個獎勵不是別的，而是一張斑駁老舊，泛著青光的門票。

不知道是哪一代的暗物博物館管理員送出去的，博物館的門票！

同那張令夜諾萬分失望的博物館門票一同寄來的，還有一些東西。例如龍組給予的人才評定證書。證書上說，由於夜諾考出了有史以來人才評定篩選的最高分，龍組特意嘉獎了一份特殊的優待。

那就是在一月初的龍組內部考中，憑藉這張證書，直接在總分上再加二十分。

夜諾冷笑了一聲。

這個龍組送他的附加分，可不是那麼好拿的。這張人才評定證書上並沒有寫名字，也就代表著不記名。他猜，任何人只要拿到這張證書，恐怕都能在總分上增加二十分。也就意味著，在考試結束前，他還需要保護好這張證書。因為，肯定會有人來搶。龍組內部考總分一百分，但按照季筱彤的說法，只要考個及格線，基本上就有了得到龍組編制的機會。

這變相證明，龍組的內部考，難度極高。而夜諾被直接送了二十分，也就是說他只需要懶懶散散的考個四十分左右，就一定能晉級。

特麼，這簡直就是一張通往龍組編制的穩當保送資格。龍組，最近大出血，拿出這麼多好東西，到底抱有什麼心思？還是說，這本就是考驗的其中一環？

這讓夜諾有些戒備。

而且這張前代博物館管理員送出去的門票，據季曉彤說，就算是龍組，也收藏不多，據說門票有許多的妙用，大家族眼饞得不得了。

這就怪了，夜諾怎麼看，也沒從門票中看出端倪。這門票除了老舊一些，花紋和自己製作的不同外，就沒啥區別。龍組搜集它，各大家族搶奪它，究竟想拿來幹啥？

難不成，這用權限點製作的門票，其中的奧秘，就連夜諾也不清楚？

想不通的東西，夜諾也沒繼續鑽牛角尖。他看向了箱子中最後剩下的那樣東西。

那東西被信封鄭重的裝著，還蓋了鮮紅的印。夜諾打開信封，頓時愣了愣。竟是一張入學通知書、一張致歉信，以及一個徽章。

致歉信上的文字寥寥，大意是本來預定於每年一月五日舉行的龍組內部考試，因為某種不可抗力的原因延期了。延到二月十五日。

至於為什麼延期，致歉信上並沒有提及。夜諾內心隱隱有些不安，總覺得這個世界，或許正在悄悄的發生著大事。

而那張所謂的入學通知書，倒是簡單明瞭：

夜諾先生親啟

恭喜您以優異的成績，贏得了龍組的人才評定賽。現在特邀請您參加龍組內部考前的集訓。

集訓時間為一個月，報名地址為——春城丹棱街三十一號。

請在三天後的清晨四點半準時到達學校註冊，遲到將取消您的集訓資格，以及一個月後的龍組內部考資格。

預祝您順利到達學校。

這特麼什麼情況，自己要去上學了？

夜諾有些摸不著頭緒，他順手用手機查了查地址。沒想到這地址竟然是一所名不見經傳的藝術類專門學校。

當然，這所藝術學校肯定只是個掩飾，它真正的功能，是龍組在春城的子弟校。

夜諾想了想後，打電話給季筱彤，這個三無女只對和夜諾有關的事情熱心。

「夜先生，你收到，錄取通知書了？這很正常，幾乎所有，通過人才評定的人，都需要至少一個月的培訓，哪怕是十大家族的人，也不例外。而且，在這一個月內，還會淘汰一批不合格的人。」季筱彤在電話中簡要的說。

「也就是說，其實突擊訓練本身，就已經在開始龍組內部考的選拔了？」夜諾嘴角露出笑容：「有意思。」

「夜先生，需要我，陪你去嗎？那所學校，我很熟。」三無女問。

「不用。」夜諾拒絕了。

可季筱彤仍舊很擔心：「夜先生，龍組已經將神之憑證，寄給你了，肯定有許多人，惦記搶奪。一定要，小心！」

「我知道。」夜諾問：「你清不清楚，為什麼這一次龍組那麼大方，將那啥神之憑證當作評定賽的獎勵？」

「不曉得，我父親，也覺得很意外。」季筱彤搖頭：「或許別的家族，也不明白龍組高層，到底在，想什麼。可我，有不好的預感……像是，有什麼大事，將要發生。」

「管它發生什麼事，到我手裡的東西，誰也搶不走。」夜諾掛斷了電話。

他撓了撓頭。這龍組的編制，想要弄到手還真不是件容易的事。過五關斬六將只是基本罷了，未來，還不知道有多少狀況等著他。

難怪龍組真正的成員，也才幾萬人而已。

夜諾看著培訓學校的地址，用手指輕輕的磕著桌面。一時間想了很多，龍組內有許多神秘的地方，而且聽季筱彤說，龍組最近有些許反常。

無論如何，他還是要去走一趟的。

夜諾回到暗物博物館，再次查詢自己的屬性。經過一段時間的休憩後，他的實力增加了許多。

一進入管理員室，站在鏡子前，他的屬性就自動在鏡面上鋪展開來

管理員編號 2174：夜諾。

等級：見習期一級管理員

身體綜合素質：11

智商：190

暗能量：200

博物館權限點：350

擁有遺物：開竅珠，翠玉手鏈（殘破6），百變軟泥，看破，破穢術（特殊，知識類遺物），嘆息之壁。

未經授權遺物：捆仙索（高級），甘露，黃金甲（高級）。

夜諾很滿意，跟半年前相比，實力簡直不可同日而語，而且現在他有了大量自保的手段。例如剛剛完成任務後，博物館獎勵的嘆息之壁，又例如那件黃金甲。

黃金甲可是個好東西，在《鬼櫃》事件中，夜諾利用人神咒，吸取十二聖女的力量，將陵墓下的將軍轟成了渣渣。

一整座山都被他轟平了，而這件黃金甲卻絲毫沒有受損，不愧是前代管理員的遺物！夜諾當然不會讓寶物蒙塵，他從被轟得稀爛的金甲屍上將這件黃金甲扒了下來，樂呵呵的笑納了。

有盾牌有護甲，就算是天王老子，夜諾也覺得可以鬥上一鬥。更何況，他幹掉金甲屍後，體內暗能量直接衝破F級，進階E1級。

這可不得了，以他精純的暗能量作為標準的話，光靠實力，說不定他能直接硬槓C級巔峰。再加上重重手段，或許連普通的B級，也能扛得下來。

他才二十歲，這樣的實力放在龍組中也不遑多讓。更不用說，他接觸這個神奇的除穢師世界，不過才半年不到。

本來還挺高興的，可實現一落到權限點上，夜諾的臉就成了苦瓜。博物館的權限點，是個至今都困擾他的問題。直到如今，夜諾仍覺得它的計算方式非常謎。

例如衣櫃的任務中。他在長達二十天的任務期限只用了五天，就將其打通關了。但評價也不過才A+，滿打滿算，得到了兩百點權限點。而殺掉實力超越了虎級初期的金甲屍，才給了五十點權限點。

奶奶的，現在他使用一下捆仙索，至少也要百點權限點。剩下的三百多權限點，怎麼想都不夠用。甚至要不是在完成第四扇門的任務中，自己額外殺了些穢物，搞到了些權限點，否則當時連捆仙索也用不了。

殺小怪能得到權限點，這夜諾其實在之前就隱約知道。可自己殺了那麼多穢物，卻依然摸不著頭緒。因為這也很謎，有的穢物殺了就有權限點，有的則沒有。

他摸了摸下巴。決心在接下來的任務中好好的摸一摸權限點的規則，看有什麼辦法能夠迅速的加點。

如果找到bug，那他不就發了。

當然這種可能性非常的小！

暗物博物館不知道在地球上存在了多少年，它的一切都是謎。夜諾完成了四個任務，卻連一丁點門道都還沒摸清楚。

博物館和那個叫陳老爺子的傢伙，究竟是怎麼樣的關係？為什麼給的任務全是搜集陳老爺子的骨頭？那個裝著陳老爺子骨頭的黑盒子，又是啥東西？

那盒子夜諾曾仔細調查過，看起來像金屬，黝黑黝黑的。但夜諾檢驗後，有了個驚人的發現。

這黑盒子，分明是一種生物，不但活著，還有新陳代謝。

他瞪目結舌，難以置信。因為黑盒子極有可能本身就是一種特殊的穢物，這種穢物會散發某種極為神秘的射線，來封印陳老爺子屍骨中洩漏出的穢氣。

陳老爺子到底是什麼人？他為什麼有那麼強大的能量？哪怕只是接觸到他被封印的遺骸中洩漏出來的一丁點力量，人類或者穢物，甚至連山川河谷都會被污染。

這真的是人類能夠做到的嗎？

陳老爺子，絕對不可能是個人類那麼簡單。

回到博物館的夜諾有些猶豫，他在想是不是應該開啟第五扇門的任務了。猶豫間，他又將龍組送給他的門票拿出來瞅了瞅。

突然，博物館冰冷的聲音響起：「牽扯到前代管理員的特殊門票，可回收。」

「回收？」夜諾愣了愣：「怎麼個回收法？」

這東西竟然能被博物館回收？夜諾有些摸不著頭緒，但很快博物館就給出了答案：「此門票可以兌換三百點權限點。」

一聽此話，夜諾整個人都炸了。他激動的從椅子上彈起來，不停的原地繞圈。怪，太怪了。自己製作一張門票，只用十點權限點。而這張看起來和自己製作的門票差不多的門票，光是兌換，就能兌換三百點。

憑什麼？

難道這張門票是某種 VIP 票？還是說，博物館的門票也分類型，自己製作的門票，其實是最低等級的？

呀呀呀，好難受！好難受！這個博物館的秘密，實在是太多了！

夜諾心裡癢得很，謎太多，讓他非常難受。可高達三百點回收價值的前代管理員門票，也讓夜諾的心一片火熱。

這，不就是刷積分的好方法嗎？不知道龍組手裡還有多少類似的門票，如果數量不少的話，嘿嘿嘿……

夜諾想得口水都快流了出來，他再次堅定了要掌握龍組的決心。

交完任務後，還有一個月的休息期。現在距離他下個任務的強制開啟時間，還有半個多月。

三天後，就是龍組集訓班報名的日子。這個時間是強制的，不能遲到。可見龍組會優先考慮完全聽命於它、遵守規則的人。

這更像是在培養軍隊。

夜諾打算先去報名看看，至於開啟第五扇門的事，不急。貪多嚼不爛，兩線操作容易遇到麻煩。

時間過得很快，三日後，夜諾一大早就帶著慕婉，前往丹棱藝術學校。

集訓班的報名時間是凌晨四點半，慕婉趁著大晚上，駕駛著自己心愛的紅色藍寶堅尼。白天她可不敢，一個看起來只有十歲的小蘿莉開跑車，太扯眼球了，而且肯定會被交警抓。

由於慕婉太矮，只有半顆腦袋探出擋風玻璃，看路有點吃力。但少女的心情顯然很不錯，漆黑的雙馬尾一甩一甩的，還哼著歌。

只要可以和自己最愛最愛的夜諾在一起，不論是火海，還是地獄，慕婉都願意闖一闖。

「停車！」

本來在閉目養神的夜諾陡然睜開眼睛，慕婉下意識的將剎車踩到底，速度驟降。

只聽一陣長長的剎車聲，藍寶堅尼的尾部拖出一條長長的火線。還沒等車停穩，夜諾和慕婉已經從車內跳出。

說時遲那時快，一股極強的殺氣，迅速襲來。不知從何處掉下一塊巨大的石頭，轟然砸向車頭，藍寶堅尼大半個車身瞬間被砸得稀爛。

按照剛才汽車行駛的速度，如果不踩那一下剎車，現在他們恐怕早已和車一起屍骨無存了。

夜諾皺了皺眉，沒想到還沒到學校，就已經被埋伏了，而且目的很明顯，是要他倆的命！襲擊他們的人，是想要搶那張可以加分的證書，還是所謂的神之憑證？

但只是想要他手裡的某個東西，就準備把兩人都幹掉，來人也太歹毒了。

思忖間，又有幾顆巨大的隕石，拖著火焰尾巴，朝汽車重重的砸了下去。隨著大地的震顫，本就毀掉的藍寶堅尼這次連渣都沒剩。

「我的車。嗚嗚嗚，這可是我老爸送給我的嫁妝啊。」慕婉生氣了，這小妮子是真的生氣了。少女一言不發，雙手迅速變成兩把鋒利的劍。

雙腳在地上狠狠一點，身影拔高飛起。慕婉朝隕石移動的軌跡，飛奔而去。

沒多久，她倒提著一名傷痕累累的年輕男子回來了。

這個男子大概十八、九歲，被抓了還滿臉桀驁不馴。他被慕婉倒提著，臉拖在地上，極為憤怒。顯然被一個看不上眼的小丫頭片子抓住，而自己竟然還沒辦法反抗，讓他很沒有面子。

「臭娘們，快把我放下！你知道我是誰嗎，你知道我爸是誰嗎！」年輕男子怒斥道。

慕婉呵呵笑了兩聲，她化作劍的雙手在夜色中泛著冰冷的寒光，她明亮的雙眸閃爍著怒火。

「我管你是誰，敢把我的車砸成這樣。今天你的手和腳，就選一個留下來吧。」小蘿莉冷冰冰的說道。

別看慕婉平時溫婉可人，但那也只是在夜諾跟前。其實，這小丫頭片子從小就被夜諾的小媽調教成行走的人肉暴龍。現在全身都是由百變軟泥構成的她，更加將暴力美學發揮到了極致。

「滾你媽的，不就是一輛破車嗎？你敢動我試試，你以為我怕你呀！」這個年輕男子顯然從小沒吃過虧，太單純了，從來沒有想過古人的教誨，那便是千萬不要激怒一位已經很憤怒的女性。

那不是一句火上澆油就能完事兒的。

慕婉笑得更冷了，但這年輕男子還沉浸在自己的世界中，不斷刺激她：「小丫頭，這個世界可沒有你想的那麼簡單。但凡老子我掉了一根頭髮，你們全家沒有一個人能活過明天！」

得，他來殺人技不如人被抓了，現在還威脅上了。

夜諾不忍心的轉過頭，那年輕人得意的哈哈大笑，滿心以為夜諾已經怕了。

他的笑聲還未落下，一道寒光從慕婉手中暴起，閃爍夜空。

「刀下留人。」突然，從前方高樓傳來一道焦急的喊聲。

可是已經晚了，隨著寒光乍亮的同時，一道鮮血噴濺而出。只見青年男的右手臂在血光中飛了起來，劃出一條曲線，遠遠朝外落去。

青年男子難以置信的看著自己的手臂飛出，他有點懵，不敢相信竟然真的有人敢在春城動他。

對面樓上，那渾厚的聲音再次響起：「混帳東西，竟然敢傷害我家少主！」

「什麼騷豬不騷豬的，都什麼年代了。切。」慕婉毫無淑女形象的對著趕來的中年男子比了個中指。

她的劍速度實在太快，趕來救駕的中年男子只能眼巴巴的看著自己少主的手被砍斷，他的心沉到了谷底。

「媽的，孫鵬你怎麼現在才來。老子的手沒了，沒了。快把他們倆都殺掉！」青年男整個人痛得臉都扭曲成一團，一邊大罵，一邊哭個不停。整個人都崩潰了。

「你們兩個狗東西，居然敢傷害我家少主。你們完了，現在乖乖的跟我走，到我們劉家，聽候我們家族大人發落！」叫孫鵬的中年男子大約四十歲左右，雙目陰森，死死盯著夜諾和慕婉。

他沒有貿然出手攻擊，畢竟少主還在那兩人手中。孫鵬心中又恨又急，自家少主根本沒將夜諾看在眼裡，自己跑來搶人家的加分證書。技不如人不說，現在連手都丟了。

不行，現在還不能殺掉這兩人，不然家主的怒火可不是好應付的。必須要將兩人抓回去。

可不一會兒，孫鵬更憤怒了。

因為明明實力低微的兩人，並沒有因為自己的出現而慌亂，甚至他們倆連看都沒有看他。奶奶的，簡直太混帳了。

只見夜諾笑咪咪的，伸手摸了摸慕婉的小腦袋，讚賞道：「很不錯小婉，你的身手又進步了許多，看來最近你都沒有浪費時間。」

「嘻嘻！那當然，人家是你未來的媳婦，肯定要保護你的。」慕婉很舒服，她用小腦袋在夜諾的手心裡轉來轉去，一副被撩的瞇眼貓咪。

小蘿莉確實有被表揚的本錢，最近她也拿到了龍組的獎勵，得到一些有用的除穢術以及基礎修煉手冊。不過這些她通通都沒有看在眼裡。

因為夜諾已經為她量身訂制了更加高級的修煉方法。這些方法有些出自暗物博物館，有些出自前輩管理員的手札，每一種都威力非凡。再加上慕婉本就努力，小蘿莉的實力怎麼可能不突飛猛進，一天一個樣？

夜諾表揚完慕婉，話鋒一轉，笑道：「不過光是把這傢伙的手砍下來也沒啥用，現在的除穢術那麼神奇，他撿回去接上就完事兒了。你那輛藍寶堅尼就白爛了，做事還是要做全套的好。」

說完就捏了一個手訣，朝不遠處的斷臂隔空一點。

「你敢。」孫鵬勃然變色，他快瘋了，沒想到這個叫夜諾的人如此狠毒，竟然當著他的面，就準備將少主的手毀掉。

他迅速的朝那隻斷手撲去。

但是他快，夜諾更快。不遠處猶自流血的斷臂猛然燃燒起來，瞬間化為飛灰。

「我的手，嗚嗚，我的手。」青年男尖叫。

孫鵬暴跳如雷，恨恨道：「臭小子，你看來是真不想要你這條命了。本來我自持身分，不願跟小輩動手。不承想，你竟是如此歹毒的人。你這種人留在人間也是禍害，說不得，把你命留在這裡吧！」

孫鵬心裡苦。少主的天賦不錯，就是做事衝動了點。可他深受劉家家主的寵愛，更是夫人的心頭肉。

這次少主的手徹底沒了，還不知道怎麼回去和家主交代。

「去死！」孫鵬一個閃身，從樓上跳了下來，他的身影爍爍，像是一隻即將抓住獵物的鷹。

他有自己的驕傲。在同輩人中，孫鵬的實力算是很不錯的，就算是在劉家他的地位也很高，不然不會貼身保護少主。

畢竟這世界，只有極少數人能在四十歲前達到B級除穢師的水準，而他就是其中之一。

夜諾和慕婉的實力，他根本沒看在眼中。孫鵬覺得抓兩人只是手到擒來而已。畢竟夜諾表面上看，也不過才E級初期。而慕婉的等級更低，只有F中期。

甩了狠話的孫鵬右手迎風一招，鷹爪朝著兩人抓了下去。那雙手穩如磐石，迎風脹大，很快變得像個鐵籠子，眼看就要將兩人當頭罩住。

夜諾正眼也沒看，隨手丟了一個定身術過去。

孫鵬渾身一震，他突然發覺自己無法動彈了。這個驕傲的中年男子面露不可思議的表情，特麼什麼情況，這居然是定身術。

夜諾居然會定身術！

怪了，定身術不是十大奇術之一嗎？雖然門檻不高，但成功率出名的低。退一萬步說，哪怕夜諾僥倖成功了，憑著這小子E級的實力，怎麼可能將自己一個B級定住。

這他媽簡直不科學！

「掌心雷。」

夜諾掐了個手訣，一道閃電直接朝中年男子劈了過去。

孫鵬本就被定身術死死釘在原地，他被掌心雷給劈成了爆炸頭，原本還算中年小帥的臉更是黑成了焦炭。

「阿諾，他好像非洲人。」看他這副狼狽模樣，慕婉忍不住捂著肚子嘻嘻笑個不停。

足足三秒，孫鵬才恢復行動力。

這輩子他哪裡吃過這種虧，丟過這種臉。孫鵬猛地向後退了幾步，怒不可遏的罵道：「臭小子，你居然會用這種下三濫的法術。是你逼我的！」

慕婉撇撇嘴：「十大奇術都被你說成下三濫了，技不如人就明說，嘻嘻，有脾氣你也用個定身咒。」

孫鵬沒有和慕婉耍嘴皮子，他猛地從背後抽出一柄劍，嘴裡唸唸有詞。一隻手探入懷中，反手抓出一把符咒，這些符咒花花綠綠，等級絕對都不低。

中年男子暗自苦笑，沒有想到，他也有這一天。居然這麼認認真真的用壓箱底的手法來攻擊一個比自己低了十幾個小等級的後輩。

但夜諾實在有點邪門兒。

「白晝，虎光，咆哮。」

連著三道符咒打出，祭在劍上。孫鵬手上的劍，金光四射，朝夜諾當頭砍下去。

「你就這點本事，還想來殺我，大言不慚。」夜諾眉頭都沒有皺一下，對著那彷彿劈開天地的光，隨手抬起了手腕。

「嘆息之壁。」只見夜諾手臂上猛地探出一道青色的盾牌，盾牌迎風一展，迅速張開。

孫鵬的劍光碰到了盾牌，他整個人瞬間飛起，遠遠的被反彈了出去。

「這什麼鬼東西。」露出一臉活久見表情的孫鵬難以置信。

自己的全力一擊，竟然連夜諾的防禦都沒有破。那青色的盾牌究竟是啥玩意，怎麼那麼硬，剛剛的反彈，甚至將他的手腕都震傷了。

孫鵬驚疑不定，他猛地撲上來，手中的劍如同流水施展開，瞬間化為無數精光。那一道道的劍光彷彿能割裂空間。

只聽「鐺鐺鐺」，無數的脆響聲響起。孫鵬所有的攻擊全都被夜諾擋下。

夜諾空著的左手也沒有閒著，一邊用百分之百成功率的定身術定住孫鵬的身形，一邊還噁心的不斷扔出各種除穢術攻擊他最脆弱的某個敏感部位。

「這傢伙實在是太噁心了，明明實力那麼低，但就是打不中他。」孫鵬氣得吐血。百密總有一疏，在夜諾一次次的攻擊中，孫鵬被他的術法擊中了好幾次。沒過多久，孫鵬就渾身都是燒傷凍傷電傷，傷痕累累。

幸好，沒有一處是致命傷。至少現在的夜諾，還沒辦法一擊致命。但只是遲早的事情。哪怕是一隻大象，被螞蟻咬多了，也會死。

孫鵬想哭的心都有了。他現在極為狼狽，原本風流倜儻的模樣，早破了相。但反觀夜諾，人家現在都還雲淡風輕，沒有移動一步，甚至連頭髮絲都沒有亂過。

人跟人的差別，咋那麼大。自己可是個堂堂正正的B級啊！

孫鵬內心是崩潰的，這個叫夜諾的傢伙，難不成是某個大家族雪藏起來核心子弟。不然根本就無法解釋，他的可怕程度。

生平第一次，孫鵬的內心深處湧上了深深的無力感。這讓他非常羞愧，平時哪怕面對比他等級高的，甚至是劉家家主，他也沒那麼怕過。

內心深處一個聲音告訴他，自己根本沒有勝算。

「逃！」孫鵬一咬牙，他虛晃一招，猛地閃過夜諾的定身咒。他迅速衝到慕婉身旁，將哭個不停的少主抓在手中。之後一個飛身，躍入黑暗，以極快的速度迅速消失在重重高樓之後。

臨走時還不忘扔下一句狠話：「姓夜的，你傷了我們劉家的少主，別以為這件事就了了。即使你躲進丹棱高校，也躲不過我劉家的追殺。」

「聒噪，話那麼多，口水不要錢啊。」夜諾冷哼一聲，探手往孫鵬消失的地方一抓。

瘋狂逃跑的孫鵬猛地噴出一口殷紅的鮮血，隔了那麼遠，他竟然還被夜諾用某種神秘的除穢術擊中。

這個夜諾，比他想像的更加可怕。

孫鵬拚著實力永久受損，他用秘法封住受傷的部位，壓下傷勢，但也不敢再放大話，充門面。

他和那所謂的劉家少主，喪家狗似的逃了。

看著他倆遠遠逃掉的身影，慕婉突然笑起來。

「你笑什麼？」夜諾揉了揉這小妮子的小腦袋。

「嘻嘻，好有趣。」慕婉水靈靈的大眼睛裡，全是笑意：「剛剛遇到的事情，爾虞我詐，暴力十足。就像是我以前看的那些玄幻小說一樣。以前都覺得那些玄幻小說好假，現在才發現，真實的世界，比玄幻小說更加誇張。」

「那是當然。」夜諾聳了聳肩膀：「無論人類的能力多麼強大，他總歸還是人類。總歸被基因控制著。是人就有七情六欲，會受傷，也會嫉妒。這是人類的本性，天生就想要自己過得比別人好，比別人更強大，喜歡壓別人一頭，來得到自我滿足。」

「但這是好事，人類本就因為人與人之間的競爭關係，才會成長為萬物之靈。」夜諾將爾虞我詐說得很坦然。

現在的他身懷寶物，就是一盞明亮燈塔，再加上他實力看起來不高，誰都想要撲上來咬一口。萬一咬下來一坨肉了呢，那不就發了，對吧。

所以對那個劉姓青年的襲擊，夜諾並不惱怒：「可惜你那輛紅色跑車了，我其實也挺喜歡的。」

聽到這，慕婉頓時不開心起來：「氣死人了，等下次看到那個姓劉的，我一定要他賠我一輛。不然就把他削成人棍，丟進沖水馬桶裡。」

「好了，咱們繼續趕路吧。」夜諾拍了拍慕婉，看了看手錶。

四點一刻了，距離報名時間，還剩下十五分鐘。不過距離並不遠，時間是充足的。

剛走了兩步，突然，夜諾又一次停下，對著右側的一棟樓輕聲道：「兄弟，看熱鬧看了那麼久，你也不怕長針眼。大大方方的出來吧！」

一陣窸窸窣窣的聲音傳來，樓後邊走出了一個長相很有福氣、學生打扮的十八、九歲，胖乎乎的男生。這個男生一邊走出來，一邊對著手機說個不停，一邊還用眼神畏懼的打量著夜諾。

臥槽，這傢伙被人點破行蹤後，怕得腳都在打顫了，居然還在開直播。

難不成除穢師中，也有搞網路主播的？

02 集訓營

「喲，老鐵們，剛剛那場激鬥，大家看得過癮不？我是你們最喜歡的史艾遷。記得給我點讚、評論、三連哦，沒有關注的請關注一下。彈幕來一波，老鐵們 666。」

那個站在夜諾不遠處的男生，胖乎乎的，很有肉感。他的表情非常複雜，一邊在螢幕前搔首弄姿，搞直播。一邊看著夜諾一步一步朝自己靠近，他臉都嚇得白了。

這胖子咬著牙，渾身都在發抖。雖然他的實力是 E6 級除穢師，比夜諾高了五個等級。但這胖子清楚得很，夜諾想要掐死自己，不比掐死一隻螞蟻難。

夜諾皺眉：「你是誰，究竟在搞什麼鬼？」

他心裡犯嘀咕，自己莫不是遇到了神經病。這胖子身體裡蘊含著不弱的除穢力，而且胸口還佩戴著集訓班的徽章。

這徽章和他以及慕婉的一模一樣，難不成這胖子，也是和他們一樣要去集訓班報到的同學？

可這人的行為舉止，咋這麼怪。他都怕成這德行了，為什麼還不停止直播？甚至只顧對著螢幕說話，都不回答自己的問題？

胖子苦著臉，對著螢幕說了很長的一大段話後，似乎有了空閒，側過身，畏懼的對著夜諾說：「哥，我叫史艾遷，兄弟我沒什麼惡意。哥，您是我親哥，能夠親眼看到您我實在太開心了。您就是夜諾大神吧，我之前看到您在人才評定賽上的精采表現。我實在是太佩服，太崇拜夜大神了。

「來跟螢幕上的觀眾打個招呼吧！」

叫史艾遷的學生如此說，他臉色鐵青，牙齒都在打顫。寬闊的肥臉上，不斷的往外流冷汗。

慕婉偷偷扯了扯夜諾的袖子：「阿諾，這小胖墩好怪啊，難不成這裡被驢踢了？」

小蘿莉用手指了指自己的腦子。

夜諾聳了聳肩：「這世上啥人都有，既然他沒有敵意，咱們就先走吧，要遲到了。」

史艾遷沒有敵意是能夠確定的，雖然他的行為舉止確實讓人摸不著頭緒，但一樣米都能養出百種人來，或許史艾遷本來就這德行吧，患上了直播上癮綜合症？

他看了看手錶，繞過史艾遷，準備帶慕婉到丹棱藝術學院的大門口報到。臨走前還好心的提醒一句：「這位同學，你再不快一點，報名時間就過了。」

史艾遷哭喪著臉，苦笑不已：「沒事的，夜大神，等我直播完這一段就過去。」

果然是怪人一個。

慕婉和夜諾同時在心裡下了定論。

就在夜諾和史艾遷錯身離開的瞬間，突然，他像是發現了什麼，手猛地探過去，一把拽住了史艾遷的胳膊。

「夜、夜大神，您、您要做什麼！」史艾遷渾身猛地一抖，愕然的看向夜諾。

夜諾神色嚴肅，並沒有看他，而是一眨不眨的看著他手中的手機。

史艾遷的手機螢幕上，開著的確實是直播畫面。但令人渾身發涼的是，這個直播間，居然一個觀眾都沒有，觀看人數為零。

但史艾遷卻依舊在空房間中，賣力的直播著。而這胖子臉上的恐懼，根本無法掩飾。

就彷彿被什麼附了身一樣，胖子在害怕什麼。

而恐懼的根源，就是他手裡的手機！

「開天光！」夜諾皺皺眉，迅速用手在眼皮上一點一劃，雙眼頓時閃過一絲精芒。

穢氣，史艾遷的手機上，陡然出現了一絲穢氣。

更可怕的是，穢氣來自史艾遷手機的直播軟體。那似乎是一股邪惡的詛咒。詛咒非常淡，但卻恐怖無比。

「你無法停止直播，對吧？一停止，就會出大事？」夜諾唐突的問。

史艾遷用哭喪的表情，用力點了點頭，他是真他媽的要哭出來了，鬼知道他這幾天究竟遇到了啥事。

自己在這個沒有人的直播軟體上，活活直播了三天三夜。不敢睡覺，不敢多喝水，不敢亂上廁所。他這麼胖的身體，誰想得到連飯都不敢吃是怎麼撐下來的。

正是因為這個直播一旦開始，就不能停下來。

「停止直播的話，你會怎麼樣？」夜諾饒有興趣的問。

史艾遷艱難的從嘴裡吐出兩個字：「會死。」

夜諾緩慢的一笑：「我不信。」

史艾遷急了：「夜大神，是真的會死，我一個哥們也不信邪，結果就在我面前慘死了。」

「不親眼看看的話，我是不會信的。」夜諾淡淡道。

說時遲那時快，他反手一把，將史艾遷手中的手機硬生生搶了過來，然後迅速將史艾遷拉到身後，手機也被他遠遠朝外扔出去。

就在這一剎那，飛到空中的手機內，猛地竄出一道虛影。以迅雷不及掩耳之勢迅速朝夜諾和史艾遷撲了過來。

「要死了，要死了！」史艾遷尖叫一聲，雙手不斷的從懷裡拽出各式各樣的符咒，不要命的一股腦全向著虛影扔過去。

除穢符咒激發後散出各色光芒，空中爆炸的光焰像是絕美的煙花，但卻根本傷害不到虛影絲毫。

那個虛影在除穢符咒的攻擊中，仍舊筆直的朝他們衝來。

「完了，夜大神，我要被你害死了。」史艾遷胖胖的臉上滿是冷汗和絕望。

「不過是一道小小的詛咒罷了。還沒看在我眼裡。哼，滾開！」

夜諾迅速在手心中畫了一道定身咒，對著撲過來的虛影，虛手一點。那虛影在空中搖晃了一下停頓下來。夜諾伸手去抓，可那虛影很快就恢復了，滑溜的繞過夜諾。

它在空中繞了一圈後，再次向兩人衝來。

這虛影是某種獨特的穢氣，非常特殊，完全沒有實體。一旦接觸到人體，除非實力足夠，否則肯定會命喪當場。它類似某種詛咒，而那詛咒的本體，絕對要比夜諾想像的更加強大。

眼看著虛影不依不饒的又撞了過來，夜諾怡然不懼：「嘆息之壁。」

輕輕呼喚一聲，手臂上的嘆息之壁頓時彈開。

嘆息之壁的防禦是沒有死角的，對物理和穢氣攻擊，都有全面的防禦效果。甚至還有百分之三十以上的震退 BUFF。

詛咒避無可避，正面重重的撞擊在嘆息之壁上。觸發震退效果的它，被猛地反彈了出去。詛咒之力，竟然在這一撞一退間，降低了許多。

史艾遷瞪大了眼睛，難以置信。這幾天他想了無數的辦法，就連家族裡的長輩也厚著臉皮請來許多大能，但是沒有任何人，能夠救得了他。他都已經絕望了，這次來參加集訓，也是抱著說不定能在集訓時，找到實力強大的老師，能拔除自己身上的詛咒。

其實史艾遷清楚得很，春城在除穢界不算出名，也沒出啥能人。自家也算是除穢界的大門大戶了。自己家都沒辦法的詛咒，到學校大概也是白費工夫。

可沒想到，人家夜諾大神一出手，就把詛咒打得沒脾氣。大神，不愧是大神。此刻的史艾遷，有種頂禮膜拜的衝動。

史艾遷就像抓到了救命的稻草，大喊道：「夜大神，從今天開始，你就是我的親大哥了。打它丫的，快把它揍死。這詛咒太噁心了，纏得我生不如死。」

「聒噪。」夜諾沒好氣地瞪了這死胖子一眼，然後一腳將他踹開。

那詛咒已經衝了下來，就在他方才被踹開的地方，險些將他籠罩住。胖子揉揉屁股，驚魂未定：「呼，好險。」

夜諾一不做二不休，不斷的用嘆息之壁去撞擊詛咒。沒多久，詛咒的力量就被消耗得乾乾淨淨，消散在空氣裡。

就在詛咒消失的同一時間，史艾遷手機螢幕上，足足開了三天的直播軟體，終於自動停止了直播。窗口關閉，露出了螢幕的主介面。

史艾遷鬆了一口氣，又怕又累的一屁股坐倒在地上，龐大的身軀整個都癱軟了。三天三夜啊，他被這直播軟體折騰了三天三夜。如果沒有夜諾，他實在不清楚自己還能撐多久。

其實，他早就撐不下去了，隨時都在崩潰的邊緣徘徊。

死胖子正想表示感謝，夜諾對他擺了擺手：「廢話少說，還剩五分鐘就過了報名時間。報完名，你再詳細的跟我說說你身上究竟發生了什麼事。」

夜諾感覺得到那直播軟體上的詛咒非同尋常。普通的除穢術，竟然對它毫無效果。這很顛覆除穢師的理論常識。

如果不是夜諾剛從博物館得到嘆息之壁這個威力巨大的遺物，他應該也對這詛咒束手無策。

凌晨四點過的春城，還要近一個小時才會天亮。黑暗中的三人快速前進，朝丹棱藝術學校的大門口跑去。

不久，就到了學校。時間剛剛好，衝進大門時，學校的大門正緩緩合攏，在他們的身後牢牢關上。

註冊入學也很簡單，一位老師模樣的男子查看了夜諾三人的徽章後，又用帶有人臉識別技術的機器核對每個人的身分資訊，最後給他們一人一張表格。

填完表格，就算入學了。

嘖嘖！這龍組還真是與時俱進。

丹棱藝術學校內部的佈置和普通的大專院校沒什麼差別。有教學樓，有小花園，有操場，環境優美。

這所學校被除穢陣法強行分為了兩個部分。其中一部分。是真真正正的普通人讀書的地方。而另一個部分，隱藏在學校的內部，只供龍組的相關成員使用。

夜諾和慕婉以及史艾遷屁顛顛的取了床單被罩，被生活老師帶往住宿樓。男生和女生的住宿樓，相對而望，隔得不遠。男生是藍色的那棟，而女生則是粉色的，都只有六層樓高，有電梯。

看著分配到的宿舍，史艾遷樂呵呵的，欣喜得臉上的肥肉都在打顫：「老大，我運氣真好，就住你隔壁。」

得了，這傢伙已經堂堂正正的開始叫他老大了。死胖子見風轉舵、抱大腿的厚顏無恥嘴臉完全不加掩飾，居然趨炎附勢得那麼堂堂正正，這也算是一種本領了吧。

這實在讓夜諾佩服。

「老大，這裡我熟得很，已經來過三次了。學校以內，有什麼想打聽的，你儘管開口。老史我就算不清楚，也會馬上幫你打聽明白。」史艾遷驕傲的挺胸。

夜諾摸了摸鼻翼，有些無奈。這傢伙到底在得意啥，他都來三次了，也就意味著死胖子已經落選了三次。作為落選生還這麼理直氣壯，他的驕傲來自哪裡真是個謎！

夜諾在門口和史艾遷別過，推開門走進自己的宿舍。他的宿舍在二樓08號房，是個大單間。

龍組培訓基地的住宿條件非常好，這個大單間足足有三十平方公尺。偌大的房間內充裕的分布著大床、桌子和大衣櫃。除此之外，竟然還有簡單的廚房和小餐桌。入門的地方是獨立衛浴，這間浴室也不錯，有浴缸。

「龍組比想像中還有錢，集訓營都能弄得這麼奢侈。」夜諾有些小開心，這地方可要比自己幾百塊錢租的那老破小，好得太多了。

他放好行李後，簡單的整理了一下床鋪。

六點半整，操場上的大喇叭響起了集合的音樂。

集訓營中許多人都和史艾遷一樣，來過好幾次了。大家集合的速度非常快，不到三分鐘，所有人都整整齊齊的站在操場上。

一名教官模樣的男子，走上主席台，開始訓話。

教官的開場白，無非就是龍組的歷史以及此次集訓需要遵守的規章制度。

夜諾聽得有些無聊，轉頭看了看周圍，然後就了然了。或許每個大城市都有集訓營，而這次春城的集訓，一共來了約四十多人。

就在他向後張望時，突然感覺到一道火熱的視線。

他有點摸不著頭緒，轉頭望去，只見身後不遠處一個黃毛正用火熱、崇拜的眼神，一直盯著他看。

「這傢伙是不是有問題啊，我明明都不認識啊。」夜諾心裡嘀咕著，瞪了黃毛一眼。

黃毛頓時激動得小心臟怦怦亂跳，感覺自己快要暈過去了。哇，我的偶像看我了，哇哇，我的偶像瞪我了，嗚，好開心！

夜諾一陣無語。

奶奶的，不用說，這傢伙確實是個神經病。明明自己兇巴巴的瞪他，但黃毛似乎變得更加激動，難道他是個受虐狂？

集訓老師大概三十來歲，渾身除穢氣絕對不弱，達到B級初期的水準外，體內的能量，此刻更是暴露無遺。他一邊講話，一邊故意不斷往操場宣洩自己恐怖的力量。

這是下馬威。

場下的學員都是些青鉤子娃娃，實力最高也不過才C級罷了。哪裡見過這種陣仗？

在集訓老師不斷加強，越來越強的威壓下，所有人都在瑟瑟發抖。弱點的都快被壓制出心理陰影了。

不過這裡邊，並不包括夜諾。

他毫不在乎。

所謂威壓，不過是強者對弱者的氣勢，以及能量密度的壓強差。壓強低，能量不夠的人就會輸。而輸的那一方，會產生被獵食動物盯上的錯覺，痛苦不堪，內分泌失調。

雖然夜諾的表面實力僅僅只有E級初期，但他的能量密度高啊。集訓老師那點稀稀疏疏的力量，廣度是有的，可疏而不密，根本不夠對他形成壓強。

黃毛以及他身旁的兩個好朋友咬牙堅持著，他們渾身瑟瑟發抖，在集訓老師的威壓下，集中全身的力量對抗。

夜諾身旁的人也同樣如此。

唯獨夜諾，一臉雲淡風輕，毫無反應。

黃毛和他的小夥伴們，在對抗威壓之餘都在偷偷的看夜諾。見到夜諾在那恐怖的威壓中挺拔的穩當站著，黃毛眼中發出賊亮賊亮的光。

他驚嘆著：「偶像不愧是自己的偶像，可以視恐怖的集訓老師為無物。」

另外一邊，夜諾的新小弟死胖子，也對夜諾佩服不已。老大真牛！

夜諾認真的聽著集訓老師的訓話。他從老師的嘴裡，得知龍組是在六千年前由神創建的。神創建龍組後，悉心教授人類各種除穢術，為的就是希望龍組拔除世間邪物，拯救蒼生。

聽到這，夜諾內心狂笑不已。奶奶的，他可明明從前代管理員的手札讀到過，龍組不過是某一代管理員信手而為的產物，用來輔佐自己更好的完成博物館任務。

明明是作為工具人般的存在，結果卻在幾千年的時間長河中，被龍組的高層美化成救世主的形象。

一點工具人的覺悟都沒有了。

嘴角不由得露出微微笑容的夜諾，被集訓老師發現了。老師皺了皺眉頭，有些不爽。自己威嚴肅穆的模樣以及強大的威壓，竟然被這個學生笑了。這讓他很沒有面子，下馬威，下馬威，如果沒有威，還怎麼給這些小屁孩留下深刻的教訓？

老師冷哼一聲，渾身的威壓再次拔高。瞬間，大部分的威壓都朝夜諾身上壓了過去。夜諾身旁的人頓時覺得壓力小了許多，紛紛鬆了口氣。

「什麼情況，結束了？」有人左顧右盼。

「結束個屁，你自己看。」也有人用古怪和佩服的眼神，朝夜諾望去。

不久後所有人都意識到，不是下馬威結束了，而是老師將絕大多數的威壓，都集中在某一個人身上。

這一看不要緊，只見承受了集訓老師大部分壓力的夜諾，依舊毫無所感，站在原地笑咪咪的。

「咦，肩膀有點沉？」夜諾感覺自己身上的暗能量壓強在增大，不解的抬頭後，才發現講台上的老師正一眨不眨的死死盯著他看。

難不成，自己不小心被針對了？

「有意思。」夜諾笑得更開心了：「這老師也太不自量力了些。就這？」

他直視集訓老師瞪過來的眼神，暗暗用力。體內精純無比的暗能量順著自己的眼神猛地衝了過去。

「喲呵，還敢攻擊我。」集訓老師不屑的哼了一聲。這小子不得了，敢用氣勢跟自己硬抗不說，居然還趁隙反擊了。

「看老子怎麼教你重新做人。」

老師有心給夜諾個教訓，這小傢伙實在太自不量力了。不過只有E級初期而已，他家大人究竟是怎麼教他的？和一個高了四個大等級，二十多個小等級的強者，進行威壓對抗。那不是在找死嗎？

說不得作為老師，要單獨的指導指導他，消磨他的銳氣，免得走入社會吃大虧。

集訓老師再次發力，頓時，全場四十幾個學生全都愕然了，他們驚訝的看著一個E級初期的學員，和老師較勁不說，甚至還用威壓互相攻擊。

空氣中迸發出焦灼的火光，兩個人的視線承載著威壓，不斷在空中碰撞。只是威壓的對抗而已，就已經讓空氣中的氧離子，不斷消耗，散發出臭硫磺的味道。

史艾遷離得近，偷偷朝夜諾喊話：「老大。那可是老師啊！這老師兇殘得很，心眼小，性格脾氣也相當暴躁，一定要小心他。以前有不聽話的學生，被他弄殘的多了去了。」

沒有人覺得夜諾能贏，大家都在猜他能夠撐多久。大多數人都覺得夜諾不自量力，那集訓老師可是暴躁出了名的，他一定會將夜諾弄傷，甚至弄死。再不濟，也會令夜諾的集訓生涯結束。

唯獨黃毛對夜諾最有信心，他甚至在期盼夜諾再次創造奇蹟。

或許，奇蹟真的會發生。

夜諾的暗能量雖然少，但是猶如針尖，尖銳無比，無堅不摧。老師的除穢能雖然高，但就像是鬆散的木頭，不夠看。沒多久，本以為自己毫無疑問就能佔上風的老師，突然臉色一變。

「不對勁！」

他只感覺，自己和夜諾的威壓，確實成功的形成了壓強差。但自己竟然是低的那一方，夜諾憑藉一小團威壓，就深深的刺入他的威壓中，甚至逆流而上，直朝集訓老師的腦門去。

雙方只是氣勢的碰撞罷了，就形成了一陣熱度極高的火浪，朝外四散，在這巨大的壓力差下，最靠近夜諾的幾個學員實在忍不住，一口鮮血噴了出來。

他們被撞擊的威壓活活壓傷了。

而夜諾依舊面不改色。反而是集訓老師的臉憋得通紅，最後變成了豬肝色。

「老子，不行，不行了，要撐不住了！」

集訓老師十分震驚，他內心瘋狂的吐槽。這他媽只是個E級的小屁孩？這他媽還只是一個學生？哪跑出來的妖孽，怎麼能量密度那麼可怕。自己哪裡扛得住！

而最可怕的是，自己的威壓竟然對夜諾毫無效果。夜諾只是輕輕鬆鬆的直視他的雙眼，就令他膽寒。

眾目睽睽下，在場學員又發現了令他們極為難以置信的一幕。本應毫無懸念被老師的威壓壓制得噴血的夜諾，啥事都沒有。但老師的臉上卻爬滿了豆大的冷汗。

老師臉上的汗珠不斷滴落，只聽「噗」的一聲。

集訓老師一口污血噴了出來，驚魂未定的猛地向後退了幾步。

所有人都目瞪口呆。

這什麼情況？雙方威壓的對抗，竟然是集訓老師輸了，而且輸得非常徹底！

沒有人敢相信自己的眼睛，所有人都愕然的像個傻蛋似的，傻呆呆的朝夜諾望去。

「臥槽，這個人不就是前些日子在人才評定賽中，拿了有史以來最高分，一百二十分的大神夜諾嗎？」有人認出了夜諾，驚呼道。

「原來他就是夜諾，難怪，難怪。」眾人彷彿找到了解釋和理由，露出理所當然的表情。甚至還有人嘆息道，大神不愧是大神，經常能做到常人做不到的事。要知道當初在人才評定賽中，所有人都朝夜大神發起攻擊，夜大神卻一動不動，就將全部攻擊者擊退了。

這種事，也只有夜諾這種妖孽才做得到。

至於以E級震退B級老師這件事，彷彿頓時都變得合理起來。

龍組集訓的第一天就是下馬威，這個傳統不知道延續了多少年。本應該持續對學員進行半個小時以上的下馬威洗禮，被夜諾硬生生打斷。

他們的班主任，進了醫護室。

威壓對抗其實很危險，特別是在集訓老師用盡了九牛二虎之力還輸了的情況下。沒有個幾天，應該是恢復不過來的。

學員們樂得輕鬆，以為可以悠閒一天。不過集訓營馬上調了一位新的老師過來。這老師是個大美人，身材高眺，該凹的地方凹，該凸的地方凸。一頭幹練的短髮顯得很精神，而說話的語氣更是有種反萌差的溫柔。

新老師姓李，大概二十來歲，她用平緩的語氣做了開場白：「各位學員好！我叫李夢瑤。在這個月的集訓中，我將是你們的副班主任。」

李老師不囉嗦，話少但是乾貨多。

史艾遷乾笑了幾聲：「老大，沒想到我們的副班主任居然是李夢瑤，她可是春城遠近出名的大美人喔。許多大家族的年輕才俊都想追她。」

夜諾滿臉問號，有些摸不著頭緒。這胖子突然提這個幹嘛？

不過他隱隱覺得，那位李老師，似乎多看了自己好幾眼，而且眼神絕對有些複雜。

史艾遷對夜諾眨了眨眼：「別看這位李老師現在溫溫柔柔的，其實她的脾氣可比剛剛的班主任火爆多了。前一屆，有好多學生被她弄斷了手腳。」

說到這，史艾遷壓低了聲音：「老大，你可要小心了。這位大美人和你剛才得罪的劉家極有淵源。當心在集訓時，李老師給你使絆子！」

夜諾不由得看向李夢瑤，之後輕輕搖了搖頭。這位李老師身上的除穢力坦坦蕩蕩，大氣磅礡。應該不是個陰險小人。就算是找他麻煩，應該也是明著來，不會耍陰招。

「小心能使萬年船。老大。」見夜諾不信，史艾遷用老道的語氣說著和年齡嚴重不符的話：「這除穢師江湖的事，糾纏得像是亂麻，很多人都身不由己！況且劉家在春城的勢力數一數二，就連我們史家都要退避三舍。你動了他們少主，他們絕對不會善罷甘休的。」

「真麻煩我可是真的來學習的。」夜諾聽到這，不由得皺了皺眉頭，隨後說了一句石破天驚的話：「要不哪天我抽空去把劉家給滅了吧。免得他們來找麻煩，影響我學習。」

對於學霸，學習永遠是第一位的。那劉家作夢都想不到，自家已經不知不覺惹上了天大的麻煩，被絕對不能惹的人給惦記上了。

滅族，不過是早晚的事而已。

史艾遷被夜諾的話嚇得差點暈倒。夜諾的語氣很平淡，彷彿捏死劉家，和捏死一隻螞蟻差不多。可同為春城四大家，他很清楚劉家的可怕。

雖然夜諾的實力成謎，雖然他能傷得到B級初期的班主任。可班主任並沒有動真格的，兩人也只是氣勢上的對抗罷了。

而劉家的老祖宗，可是A級初期。這在春城簡直就是逆天的存在。

夜諾，根本就不可能贏得了劉家。

史艾遷有點焦頭爛額，雖然和夜諾接觸的時間並不長，但他確實很佩服這位自己新認的老大。一旦夜諾成長起來，劉家恐怕確實不被老大看在眼中，不過，劉家真的會讓老大有機會成長嗎？

半個小時後朝會結束，慕婉樂呵呵的朝夜諾跑去。她的雙馬尾在空中一搖一擺，精緻漂亮的小蘿莉，吸引了一眾雌性激素旺盛的女學員的注意。許多女孩把模樣只有十歲，但實則已經鬼成精的慕婉圍著，問東問西。

但慕婉用奇怪的步子跑了幾下，就脫出重圍，溜到夜諾身旁。那些女孩頓時不敢追了，剛剛夜諾的表現，讓她們有些怕怕的。

夜諾沒管那些彷彿寵物被搶走的女孩們，他用力揉揉慕婉的小腦袋，帶著死皮賴臉一定要跟著他的史艾遷去食堂吃早飯。

學校食堂的早餐異常豐富，通通免費。夜諾一陣胡塞海塞之後，就拉著史艾遷問起來，他究竟為什麼會被直播軟體詛咒的緣由。

史艾遷臉色頓時就變了。

哪怕事到如今，他身上的詛咒已然消散，想起那件事，這個自稱膽子和體重一樣壯觀的死胖子，仍舊心有餘悸，後怕不已。

這三天的折磨就像夢魘，讓他不寒而慄。

「老大，你相信這個世界真有比穢物更加可怕的東西嗎？」史艾遷喃喃問，作為史家的公子哥，這傢伙見識也不差，但從未見過如此可怕的詛咒。

夜諾眨巴了幾下眼睛：「有啊，人類不是嗎？」

「呃，人類算其中之一吧。」史艾遷尷尬的一口氣沒順上來，這老大的腦回路真有點不可捉摸。正常人接話楂哪有這種接法？

他平緩一下情緒，接著講述起自己那一段不堪回首的恐怖經歷！

03
被詛咒的生活主播

誰沒有一兩個普通朋友，特別是像史艾遷這種人來瘋性格的傢伙。死胖子打小就交遊甚廣。其中有一個叫做李俊的，是他少年時代的好友。

好友李俊是普通家庭的孩子，從來不知道史艾遷的家族數百年來都是除穢師，更不知道這世間有穢物存在，史艾遷也從來沒有跟他提起過。

他們曾經很要好，要好到可以穿一條褲子。但國中畢業後，兩人各自去不同的地方上高中，距離拉開後，友情也淡了。不過仍舊還會通過微信以及QQ時不時的聯絡。

這恐怖的詛咒，就是從李俊身上蔓延到史艾遷身上的。

李俊其實長得一點都不俊。他五官非常有特色，每一個單獨拎出來，無論是眼睛耳朵鼻子嘴巴，都是絕世帥哥等級，但湊到一起偏偏就變得面目可憎。

高中畢業後，李俊沒有考上大學。於是開始當起網路主播，但他的直播沒啥特色，所以粉絲量一直都不溫不火。

李俊一直在摸索自己直播的主打類型。

直到有一次，李俊偶然直播他老爹釣魚。這場本來平平無奇、無聊透頂的直播，竟然吸引了三萬多人觀看。

李俊頓時開竅了，直播釣魚這條路，很少有人搞，說不定有搞頭，是個突破口。

話說男人過了四十以後，就只剩下兩個愛好。

一種是釣魚，一種是攝影。

李俊的老爹李伯伯也不例外，他的愛好是前者。

李伯伯對釣魚的痴迷，是隨著年齡而增加的，現在已經進入高級階段，走火入魔段。他的退休金大部分用來買各式各樣的釣魚器具，也加入許多個釣魚群。

李俊最近一段時間就跟在他爸屁股後邊，直播他爸到各個地方用各種漁具釣魚。

這種直播方式吸引了許多中老年的男性。

於是他流量有了，打賞也有了，比純粹打工上班掙的錢要多。前段時間甚至還接到幾個漁具公司的小廣告。

而且痴迷釣魚的中年男人，打賞起來也特別大方，絕對不是小年輕能夠比擬的。

在流量和金錢的作用下，李俊開發了許多奇怪的釣魚方式和釣魚地點，為的就是吸引眼球。

他的老爸也樂得在自己的興趣愛好，和支持兒子工作兩全其美中，畢竟跟著他兒子瞎折騰，本來反對自己釣魚的老伴，也不會再囉嗦了。

前些日子，李伯伯釣友群中一個要好的漁友，分享了一個特殊的釣魚地給他。

據說那個釣魚地很偏僻，幾乎無人涉足，但裡邊有很多釣友們夢寐以求的魚種。據朋友說，那個偌大的水塘，僅僅只能容納兩個釣位，去晚了或許就被別人佔了。

李叔叔聽得心癢癢的，連夜收拾了釣竿釣具，以及常用的露營裝備，準備去那個野塘蹲守。

李俊一瞧就樂了，他用地圖勾了勾老爸釣友分享的野水塘。發現那地方在西城的遠郊確實荒涼，附近甚至沒有村落。這簡直就是上天賜予的極好的、吸引流量的好噱頭。

自己的直播針對的就是那些中老年人，這些中老年人最喜歡看的就是這些稀奇古怪、他們想去又沒膽量去的釣魚地點。

於是李俊在前一天開了預告，摒棄了睡懶覺的習慣，凌晨四點過就跟著他爸開車去了西城的郊外。

西城不大，但郊區卻很大。汽車足足開了兩個多小時，走了接近一百四十公里，才到目的地。

一下車，李俊就縮了縮脖子，感覺有點毛骨悚然。

這他媽道路的盡頭，居然是一個亂墳崗！

「下車。」李伯倒是沒說啥，為了釣魚，他啥大風大浪沒見過？這老頭表情平靜的將車停在亂葬崗內，帶著漁具，掏出手機就尋找水塘釣位的方位。

李俊心裡發悚，可還是看了看時間。

早晨七點過了，中老年人已經起床了，跳廣場舞的跳廣場舞，鍛鍊身體的鍛鍊身體。許多人吃飯時還會點開直播軟體。就像幾十年前用報紙就餐一樣。

時代在改變，但人類的行為習慣並不會因為載體的不同而變化。吃飯拉屎的時候，不知為何，人不看點東西就是不舒服。

李俊打開直播軟體，開始直播。

「我親愛的家人們。我承諾的直播開始了，大家有來的，打一波，讓我看看誰到我直播間了。」

李俊吆喝了一聲。螢幕上，一堆彈幕飄了過去，直播間的觀看數字開始變多，陸續有人進來了。

「主播，哥子我早就在等你開播了。」

「小夥子，你今天不是要繼續直播你爸釣魚嗎？他找到的那個很厲害釣位在哪兒，到了嗎？改天叔叔我也去瞅瞅。」

李俊一看，直播間的人數已經超過了一千多。心裡頓時開心起來：「我和我爸也才趕到，奶奶的，給各位家人們看個稀奇的。」

他用手機鏡頭將面前的亂墳崗拍了一圈：「家人們來看看，咱一停車就是這種讓人背脊發麻的鬼地方，我今天真有一股不祥的預感啊。」

他有個屁的不祥預感，也就隨口那麼一說。

直播間的觀眾看到了這一片荒涼的亂墳崗，紛紛用彈幕表示自己的驚訝。

「在亂墳崗附近釣魚，小夥子，你和你爸膽子不小啊。」

一些彈幕後帶著長長的驚嘆號。

「說啥呢？按照經驗，亂墳崗周圍的野潭口，才真的有好魚。這些魚從小就是吃屍體長大的，長得可肥了。這可是我的經驗喔。」

其他一些彈幕，開始分享起各自奇怪無用的經驗。這條彈幕後，飄過了一大波「噁心」「嘔吐」的表情包。

李俊看著攀升的觀看人數，笑瞇了眼：「要真有肥魚，我爸肯定會很開心。這老頭可不管那些肥魚是不是吃過屍體的，只要肥就夠了。」

他將鏡頭挪了挪，把老爸揹著重重漁具的模樣框了進來：「爸，來給各位親人打個招呼。」

李伯高冷，簡單的對著螢幕「嗯」了一聲後，對著李俊招手：「走，那口野塘，應該是往這方向！」

李俊爸手指的方向赫然是亂墳崗旁的一處竹林。這片竹林已經枯萎，呈現骯髒的褐色。

這是竹子死亡的顏色。

大量倒塌的竹子上還蒙著一層白色的粉末狀物體，顯得雜亂陰森。

「我們要朝這裡走。各位家人們，大家猜一猜，看今天我爸會不會空手而歸。猜中了有獎！」李俊手用力伸長，對螢幕說。

眾多彈幕一波一波的彈出來。有觀眾說這鬼地方誰來釣魚啊，肯定釣不上魚。也有人覺得要真有魚，肯定會很肥，因為這裡連鬼影子都沒有，魚沒人打擾。

也有人說，這地方荒涼，我看你們要小心別魚沒釣上來，結果釣上一隻鬼。

李俊嘴臭道：「能釣鬼那就更好了，我這輩子都還沒見過鬼長啥樣。要是黃花大姑娘鬼，我抱著回去當老婆。要是釣上個大叔鬼，我馬上把它賣給科研機構賺一筆。到時候就直接財富自由了。」

李伯伯聽到這話，轉過頭來狠狠瞪了兒子一眼：「說啥呢？舉頭三尺有神明，你再說啥鬼不鬼的，就給我滾回去。快給我呸三口。」

李俊對著鏡頭直吐舌頭，連忙朝地上呸了三下。

可他卻絲毫沒發現，自己三口唾沫吐在地上後，這黑色的地面，彷彿吸水的海綿似的，竟然瞬間將口水吸了進去。

他跟著老爹往前走，手機不間斷的直播著。直播間中，周圍的風景在他的行走中，一閃而過。

就在這時，一條彈幕，突兀的彈了出來。彈幕的主人還特意加錢用了紅色字體，在一眾白色的彈幕中，顯得非常驚悚。

「主播。你快看看你身後。亂墳崗裡的每個墳墓上好像都站了一個黑漆漆的人影！」

這彈幕中的陰森感，即使隔著螢幕都能感覺到。看得李俊突然後背發涼，他下意識的向後望去。

亂墳崗還是那個亂墳崗。冰冷的風，吹動周圍的樹葉沙沙作響。

此時還早，陽光還沒爬上山頭。這蕭條破爛的亂墳崗中的上百座孤墳，依舊在寒風中破破爛爛的平靜著。墳包上哪有彈幕中說的鬼影。

「這位親人。你就別嚇唬我，我剛剛差點被你嚇到。」李俊乾笑了兩聲。

從那個血一般的彈幕彈出以後，他整個人總覺得有哪裡不太對勁。彷彿他們背後，有一雙雙血淋淋的眼睛，正偷偷的窺視著他和他爹。

「爸，你有沒有覺得周圍有什麼東西在盯著我們？」李俊疑神疑鬼的扯了扯老爸後背上的背包。

老爸疑惑的搖搖頭：「沒有啊，比這可怕的地方，你爹我去得多了。老子墳堆邊上都夜釣過，這算啥呀，小意思。你不要自己嚇自己。」

他說完就繼續往前走。

爹啊，您老為了釣魚這項愛好，到底都經歷了些啥？

李俊在內心瘋狂吐槽，雖然他還是老覺得自己背後涼得慌，但直播已經開始了，只能繼續。況且說多了，引起老爹的不快就更麻煩了。

要知道老爹為人固執己見，跟著他直播，也是自己費了老大的口舌才爭取來的。

李俊沒有再吭聲。

鑽入竹林後沒多久，就沒路了。外圍的竹林還好，竹林一片片的倒下，可以踏著竹子的屍體過去。但內部的竹子雖然同樣也死了，卻依舊聳立著，像是大地上的一根根的針，擋住了兩人的去路。

「爹，沒路了。」李俊弱弱的指了指前邊，接著他就傻眼了。

只見老爹一聲不吭，從包裡抽出一把厚重的開山刀來。臥槽，這竟然是真正的開山刀，還是開過刃口的。

李俊瞪大了眼，我的親爹喂，這把開山刀到底哪買的？這可是管制刀具啊，親爹。格老子，這簡直已經算是直播事故了。

果然，彈幕已經將這場直播玩瘋了。

「主播，自首吧，你爹都開始用管制刀具了。判個一兩年，你出來還是一條好漢。」

「別聽他的，小兄弟。你爹簡直就是咱們釣魚界的楷模，為了釣魚不顧一切，勇往直前。路可以沒有，但是我不能不去。牛人啊！」

「主播老爹牛逼。」

他爹才不管兒子的直播鬧成啥樣，他揮刀就砍，硬生生在這條無路的竹林裡，砍出了一條活路來。

李俊欲哭無淚，爹啊，麻煩你告訴我，你以前去釣魚的路上，究竟還幹過啥荒唐事。管制的開山刀都能隨身攜帶，你是怕山賊劫道嗎？

揹著重重的漁具，李伯伯一刀在手，一往無前，朝著竹林深處不斷前進。

釣友發來的定位，位於竹林深處。一路上只要沒了路，老爹就開開心心的抽出砍刀，一陣亂砍。已經朽爛的竹林哪裡經得住這種五十六路斬法，一路根本就是摧枯拉朽。

就這樣走了接近一個小時。

看直播的觀眾早已經沸騰起來，他們熱情澎湃，激動不已。彈幕都已經將螢幕掩蓋了，說的全是李俊老爹的雄偉背影。

李俊已經麻木了，他感覺自己下播後，或許要出大事情。

「主播啊！你爹就是我前輩，師父，師父啊，我要做你的弟子。」

「老爹，你刀哪買的？這麼鋒利，求同款。」

「主播老爹牛逼。」

直播間觀眾的誇獎和打賞紛紛湧了過來。

李俊感覺自己就像是莫得感情的行屍走肉，不過被直播間的打諢插科這麼一鬧，本來顯得極為恐怖的竹林，彷彿也沒那麼陰森了。

他並不知道，自己的感覺沒有錯。這竹林偏僻荒涼，是滋陰之地，但有接近一萬人在螢幕前圍觀。陰氣真的被大家的陽氣壓了下去。

越是深入竹林，天氣就越發的潮濕昏暗。不知不覺間，竹林變得更加密了，死亡的竹子帶著一股腐爛的臭味，熏得人睜不開眼。

「要到了。」老爹說。

「都說第三次了。」定位就在前面一百公尺的位置，李俊伸長腦袋怎麼看都不覺得這裡有湖泊野灘。視線所及處全都是密密麻麻、透不了風的竹林。

這些竹子，竟然通體呈現深黑色，看得人渾身不舒服。

「兄弟，聽我一聲勸。」突然，那鮮紅如血的彈幕又彈了出來：「我一直在看你的直播，相信我，這竹林裡，可不止你們兩個啊。」

李俊看著彈幕，愣了愣神才道：「啊，不會吧，難道還有別的釣友也找來了？應該不可能才對，這地方很隱秘，據我爸的釣友說，他也是才剛剛發現的。」

紅色彈幕繼續說：「我可沒說過，竹林裡的，是人。」

這陰陽怪氣的彈幕，讓李俊發冷。

看直播的觀眾不樂意了，紛紛責罵發紅色彈幕的主人：「龜兒子，滾一邊去。講鬼故事去別的板塊，不要在釣魚生活區。你影響到別人了，龜孫子。」

紅色彈幕道：「你們都睜開眼睛，這啥地方，你們沒點逼數？主播，趕緊帶你爹離開，離得遠遠的。這兒不乾淨。走晚了會沒命。」

「難道這地方還有故事？」李俊精神一振，這又是個吸引流量的好賣點。

可惜紅色彈幕沒有再搭理他。

李俊父子兩人到了定位的地點，這時候連他爹也有點懵了。根據定位，這裡應該有他釣友事先開闢出來的釣位才對。

可眼前仍舊還是竹林，亂七八糟的竹子倒塌堆積在一起，鋪天蓋地遮蓋了視線。除了腐爛的竹子，他們什麼都沒有發現。哪裡有什麼可以釣魚的池子？

「這咋回事兒？我那個釣友很可靠，他應該不會騙我。兒子，等我打個電話問問。」老爹連忙撥打釣友的電話。

可奇怪得很，電話始終處於關機狀態。

「呃，我釣友一年到晚都在釣魚。難不成現在去了什麼沒訊號的地方？」老爹撓了撓腦殼，露出一籌莫展的表情。對這個野塘，他很重視，帶了大量的釣具準備大展身手，如果空手而歸的話，不光是失望，在自己釣友群的朋友面前也會很丟臉。

而李俊也著急了，找不到野塘這場直播就失敗了，他不知道要掉多少粉。

就在兩人不知道該不該打道回府時，猛地，幾個彈幕不約而同的彈了出來：「喂，主播，你們後邊好像有一條路。」

「對呀，對呀。三點鐘方向確實有一條路，那條路好像最近才被砍出來的。這兩人是不是瞎啊，這麼明顯居然看不到！」

啥，有路？

李俊和他爹懵逼的朝彈幕提及的方向望過去。

咦？剛剛沒注意到，確實在三點鐘方向，有一條寬度不足一公尺的路。這條路延伸在昏暗的竹林裡，被大量塌下來的竹子掩蓋，很難注意到。

「難不成這條路，就是我釣友前些日子開出來的？」老爹低聲嘀咕著，三五步就走了過去。

一走近，兩人就愣住了。

這條路好詭異！

路確實是新路，但卻是條令人驚悚的路，地上竟然鋪滿了一層厚厚的紙錢。

這荒山野嶺的，周圍十幾公里連個鬼影都沒有，更別說有什麼人家了，到底是誰這麼無聊，在這兒撒紙錢？紙錢不要錢啊？

李俊奇怪的到處張望，心裡思忖個不停。

竹林外倒是有一座亂墳崗，可那些墳包全都已經破敗，不知道多少年沒人維護了。這些廢棄的墳墓上插著的招魂幡，最新的看起來也是十多年前插上去的。

更何況這竹林根本就沒有人進出過的痕跡，他們進來都需要開山刀，怎麼就唐突的出現一條新開的路。最怪的是，這條路上的紙錢彷彿憑空出現似的，自始至終，看不到任何撒紙錢的人的活動痕跡。

「可能是從前的村民將過世的老人家，遷回祖墳吧。」老爹倒是沒在意，他滿腦子都是釣魚。

不過老爹的話，直播間倒是很多人認同。

有彈幕說：「不錯不錯，以前的老人家很念舊。就算生前搬到了別的地方住，死後也講究落葉歸根。」

「對呀，對呀，沒啥可怕的，主播快去找釣魚的那口塘。我們是來看釣魚的，這都多久了，盡看你們砍竹子。」

李俊被直播間的觀眾催得急，連忙安撫道：「家人們放心。我剛剛好像在這條路的盡頭看到一絲水色，前邊可能就有湖泊。」

老爹蹲下身，從那條路的旁邊扯了一根草，拿在手裡捏了捏，點頭道：「沒錯，這是水芹菜。只要有水芹菜生長的地方，一定有上好、沒有被污染過的水系。往前走就對了。」

兩個人揹著行李，踏上那條鋪滿紙錢的小路。

在這條詭異的路上走沒多久，果然一大片水汪汪的野塘，如畫卷般躍然出現在兩人眼前。

這絕對是個釣魚的天堂。那一潭碧綠的池水邊上，長滿了綠油油的水生植物。對面的山倒映在水中，隨著微風拂過，在水面形成一波波的漣漪。

老爹笑得嘴都合不攏：「這水可是上等的好水，裡邊長的魚肯定不小。看來今天咱們要滿載而歸了。」

李俊立刻嫻熟的將三腳架拿下來，用好幾個鏡頭對準他老爸。他抹了一把汗，放鬆了些，終於可以正經的開始釣魚直播了。

老爹釣魚的傢伙應有盡有。

他心情顯然很好，先拿出短竿，對著鏡頭，破例學著自己兒子的模樣開口道：「老鐵們，我兒子最近多得你們的照顧，總算是找了一條養活自己的路，不讓我操心了。今天老爹給老鐵們介紹一下我手裡的這根竿。這是一根典型的短竿，碳纖維材質，用的是複合魚線。配合配重和魚漂，能釣二十公分內，三斤以下的土雞魚和野胖子。

「如果情況允許，這野池子給力，我等會兒再給各位老鐵們介紹一下老爹我的中竿和長竿。」

老爹熟練的裝好漁具，將浮漂定位，又混合好魚餌。一切弄好後，他隨手將魚鉤一扔，魚線在魚鉤的重量下，在空中劃出一道漂亮的弧線，落到了水上。

魚鉤「撲通」一聲，筆直的沉了下去。

這對樂呵呵的父子倆根本就不知道，在魚鉤落水的一瞬間，將有怎麼樣可怕的事情，將降臨到他們身上。

李伯伯拋竿入水後，滿心歡喜的等著魚上鉤，情況也一如他期待的。浮漂剛進水，就猛地沉了下去，彷彿水下已經有什麼東西咬鉤了。

彈幕裡頓時沸騰起來：

「老哥牛逼，這水塘是寶地啊！還沒三秒鐘魚就上鉤了。」

「快起鉤，快起鉤！不然魚就跑了。」

「看來咬鉤的是個大傢伙，你看力量多大，魚竿都繃直了！」

老爹不緊不慢的抓住魚竿往上熟練的一撈，這一撈竟然撈了個空。只見魚漂下方的魚線整整齊齊的被什麼給咬斷。

不要說漁獲了，連魚鉤和魚墜子都不見了。

「格老子，虧了。」老爹一邊罵，一邊眼睛發亮，也不知道是喜還是怒：「這水下果然是有大貨，而且狡猾得很。看這牙，應該是大馬口跑不了了。」

直播間裡的觀眾大多是釣魚愛好者，紛紛贊同。

「不錯，看這個魚線的切口應該是馬口，而且至少有十斤重。不然不可能把複合線都給咬斷嘍。」

「老爹換魚竿換線，你這裝備可釣不起大馬口。」

「老子就不信這個邪。」李俊他爹換了一條新的魚線，再次放了魚餌丟進水裡。又是才過三秒鐘，魚竿就繃得筆直。魚線緊緊的被水下的東西拽住，直往水底深處拉！

「又上鉤了。」

「快拉線，快！這次可不要讓牠跑了。」

彈幕裡的觀眾跟著他們一起緊張。

「這次跑不了，老子換的線比剛才還要粗一倍，沒問題。」老爹聚精會神的抓起魚竿。竿子入手很沉，就像墜了千斤的重物。但當他往上一提時，魚竿陡然變輕了。魚線從水中躍出，和上一次一樣，線被整齊的咬斷，魚餌魚鉤再次不見。

「搞什麼鬼？這條線絕對不可能是馬口能咬得斷的。」老爹怒了：「這鬼魚！比我想像的還要聰明。」

彈幕裡圍觀的觀眾看李俊他爹氣得吹鬍子瞪眼，樂呵的發起了表情包。

「老弟，明明是你技術不如人。」

「對對，哪有啥真聰明的魚，只有笨的人。」

「哥，你這裝備不行啊，換掉吧。」

老爹氣得咬牙，而最可氣的是他兒子還在不斷讀直播的彈幕，每一條彈幕，都像是在諷刺他：「龜兒子，你這鬼直播能不能把彈幕關上，煩死個人了。」

李俊乾笑兩聲，連忙把老爹和螢幕隔開，又對著直播間說了幾句客氣話，讓觀眾們別刺激自己爹了。

「龜兒子，今天我就不信釣不上來。等老子把這鬼東西釣上來了，一定要清燉、紅燒，弄個魚全席。」老爹咬緊牙關，內心卻是火熱的。他已經很久沒有遇到過這麼難釣的魚了。

這老頭擼起袖子，準備幹大的。

「主播，你看你爹。好像準備長期作戰了。」

「喲，老爹在撒窩子了，他撒的是啥？臥槽，竟然是高蛋白的蛆和玉米飼料。」

「嗯，不錯不錯。老手都知道用打窩子來麻痺魚的重要性，特別是狡猾得像成精了似的大魚。」

彈幕紛紛評價。

李俊他爹打了窩子後等了半個小時，又一次放下了魚鉤。可這一次，又是三秒鐘，魚線再次被咬住了。等拉鉤起竿後，沒例外，魚線還是被咬斷了。

連續三次了，連打窩子都沒有用。彷彿水下的那條魚，能夠分辨出魚鉤上的餌料和打窩子的飼料之間的區別。

打窩子的飼料，動也沒有動過。這鬼東西，只咬他放下去的鉤子，像是在故意嘲諷他。

「不可能！」老爹皺了皺眉頭，這老頭也是個執著的人。他也懶得管兒子直播不直播了，一邊罵一邊釣魚。

老爹將他帶來的一整盒魚鉤和魚墜子，都全折損在這個下午。不知不覺從早晨十點，一直釣到了下午五點。日頭偏西，猩紅的夕陽血染這片黑色的死亡竹林，風，不知何時，變得陰冷刺骨起來。

「爹，走了吧。太晚回家，媽會擔心的！」連續直播了十個小時的李俊有點撐不住了。

但他老爹精神還好得很。

「走個錘子走，我魚都還沒有釣上來。」李伯伯眼珠子發紅：「去把露營的裝備架好，等一下我們簡單吃點晚飯，晚上夜釣！老子就不信，那狡猾的東西大晚上還不上鉤。」

這句話讓本就沸騰的彈幕，變得更加活躍了。

「我操，主播你們真是拚啊！居然敢在這麼邪乎的地方露營。」

「在這露營又咋了？我們真正喜歡釣魚的人，哪怕睡在墳邊上，心裡也是美的。」

「為了釣魚，無所顧忌。牛鬼蛇神啥的，是不存在的，夜釣萬歲！」

「在這裡，西江人民預祝老哥旗開得勝，將湖底下的大東西給釣起來。威武！」

夾雜在一眾彈幕之上，突然，紅色彈幕再次出現：「主播，你們怎麼還沒有走？釣了一整天的魚了，你們不覺得奇怪嗎？你們魚一條都沒有釣起來。魚桶裡邊雜魚都沒有。這還不夠說明，這地方很邪乎嗎？」

一見這紅色彈幕，其他的觀眾就氣不打一處來：「龜孫子紅彈幕你又來啦，每次出現你都陰陽怪氣的。」

「對對，前邊彈幕說得對。這傢伙就是個自卑的摳腳大漢，坐在手機前的人生失敗者。只知道逞嘴皮子，在網上亂詛咒別人。」

「哼，沒釣上雜魚能說明個鬼，肯定是被大魚吃掉了。這條大魚絕對是湖中的霸主，有牠在其他的魚都逃掉了。」

紅色彈幕陰森森的道：「難道你們就沒有想過，湖水下的或許根本就不是魚？」

「不是魚是什麼？烏龜王八。」

「我看紅字彈幕你才是隻大王八！快滾去靈異區，別在這兒瞎晃。」

「總之，主播你們倆好自為之。千萬不要在這裡露營，我不知道你們是不是真沒看見，你們身後的竹林裡。有許多鬼影子，正偷窺著你們。就等大晚上到來，嘻嘻嘻……」

紅色彈幕留下一串刪節號後，又沉寂了下去。

黃昏昏暗的竹林邊，這一塘綠水，在黑色竹林的死亡氣息中，顯得特別的詭異。李俊被紅色彈幕說得有點怕，忍不住拉了拉自己的爹：「爸，咱們趕緊回去吧。下次再來釣不行嗎？我總覺得這林子好像真有點怪，讓人毛骨悚然的。」

「要走你自己走。老子今天不把牠釣起來，我就是龜兒子。」老爹 flag 都立了出來，他一咬牙，決定拿出自己最貴的一套漁具。

這套漁具價值不菲，他也捨不得經常用。

李俊嘆了一口氣，只得將帶來的帳篷裝好。那頂橘紅色的帳篷在黑色猶如大地的黴斑般噁心的竹林裡，顯得格外的刺眼。

當黃昏的最後一絲紅燃盡天際，整個竹林和湖泊都徹底的隱入了黑暗中。

突然，老爹驚喜的大喊一聲：「龜兒子，老子總算把你弄起來了，這次我的複合線是三倍的，我看你還怎麼咬得斷！」

果不其然，這一次水下的東西真的沒咬斷線，而是拚命的掙扎著。

看了十幾個小時直播的觀眾，這時候早就吃完了晚飯，見老爹這邊情況有變，頓時如打了雞血般，大量的彈幕蜂湧而出。

「上鉤了，又上鉤了。咦，我為什麼要說又？」

「這次應該跑不掉了吧？」

「不要高興得太早。沒有釣起來之前，一切都是虛張聲勢。」

「我不看好，那條魚成精了，應該正在耍主播的老爹。」

老爹緊緊拽著碳纖維魚竿，魚竿就像要被玩壞了似的，被水下的東西拽得一會兒繃緊，一會兒扭曲。韌性極大的魚竿彷彿下一秒就會斷掉。

老爹感覺自己的手掌火辣辣的，而魚竿上傳來的力道更是越來越大，他就快要抓不住了。

「俊，快幫我一起抓住魚竿。」老爹大喊道。

「好好！」正用卡式爐做飯的李俊連忙將手上的鍋子一丟，衝上去跟老爹一起努力將魚竿往上提。

兩人和水下的東西比賽，比耐力，比誰先累。

「龜兒子，我就不信你能耐得到明天早上。」老爹一臉要和咬鉤的魚拚命的架勢。

他厲喝一聲「嘿」！

慢慢的，魚竿的大部分被他們拉了起來，經歷了漫長的十五分鐘後，水中的東西彷彿有點累了，掙扎的力度，也沒有剛剛那麼大。

「哇，快了，就要快了！」

「主播，老爹，加油喔。」

「這一刻，真是看得我熱淚澎湃，明明只是看別人釣魚。我卻像是身歷其境，看了一場熱血大戰。你們牛逼，不火沒有天理啊。」

隨著收線，野塘中那條魚的真面目，即將展露在所有人的眼前。

李俊早在天黑前就已經佈置了野營燈，用四盞燈，將野塘附近照得纖毫畢露。直播間的一萬多人屏住了呼吸，看著這長達十多小時的釣魚直播即將迎來揭曉真相的一刻。

看直播的觀眾甚至有點小緊張。

釣魚的人最激動的，不就是努力過後，將魚成功弄上岸，獲得漁獲的現在嗎？

李俊也很激動，就在他幫他爹釣魚時，仍舊不忘看手機螢幕。直播間的人數又有了一波喜人的增長。

實在是太好了。

突然，李俊眼皮猛地跳了幾下。

視線中，紅字彈幕再次在螢幕上彈出來，這次的語氣和感情色彩，都和之前不同，充滿了戾氣和撲面而來的詭異。

「放手，放手！你們真的不要命了！」

「痛，好痛！你們拽著我的衣服，把我的皮都快扯下來了，真的好痛。」

「再不放手……」

「我就要了，你們的，命！」

這彈幕看得李俊寒毛直豎，背後發涼，好久都沒緩過來。

「嘿，嘿喲！」就在這時，老爹厲喝了三聲。然後用力將魚竿往下一拖，往上一甩，這是傳統的固竿手法。為的是讓本就精疲力盡的魚突然感到放鬆，趁著牠放鬆的瞬間，再起鉤。

果不其然，這一次起鉤順利了許多。只聽「啪啦」一聲響，魚鉤以及被魚鉤鉤住的大魚，終於躍出水面，被老爹拖上岸來。

在這一刻，所有人都安靜了，所有人都屏住呼吸，直愣愣的盯著釣上來的物體。

就連李俊和他爹都傻眼了。

啥？這他媽啥東西？

魚鉤上，掛著的居然不是魚，甚至都不是活物。而是一條森白的，像是麻布做出來的，長條型的布。

這條布在昏暗的夜晚，顯得格外刺眼。最恐怖的是，這條布像是人的形狀。吊死鬼般，被魚鉤掛住，渾身不住的滴落著水滴。

那森白的布，不知道被水浸泡了多久，一出水就散發出驚人的惡臭。

這他媽到底是怎麼回事？

「這地方，確、確實有點邪乎。」一頭熱的老爹，頓時被澆了一盆冷水似的冷靜了下來。他手在不停的發抖。

掛在魚鉤上的布，也隨著他手的抖動顫動著，活像是一隻吊死鬼。

「臥槽，活見鬼了。」

「怎麼魚沒釣上來，竟然釣起了一塊布？」

「主播，是不是你們事先就策劃好的。現在的年輕人真浮躁，老想著火一把。這發展，肯定是表演。」

沉寂了許久後，被突如其來的意外鎮住的直播間觀眾們，這才緩過來開始發彈幕。有的人甚至開始破口大罵。

只有張俊和他爹清楚，這自始至終都是真實無比的。他們根本就沒有事先編排過，可和他們折騰了一整天的魚去了哪？這張人形的布，又是咋回事？難不成剛剛，一直都是這片布，在和他們較勁掙扎？

整個竹林都瀰漫著令人窒息的怪異氣息。

「爹，把魚竿收了，咱們走吧。」張俊打了個冷顫，額頭上都爬滿了冷汗。

「行。」老爹也有點虛了，他準備收好魚竿走人，突然口袋裡的電話鈴聲響起，將竹林都震得像是活了過來。

滴滴滴的鈴聲，彷彿催命符，聽得人極為煩躁。

老爹反射性的將口袋裡的手機掏出來，看了一眼螢幕，居然是那位介紹他這個野塘的釣友打來的。

兩人對視一眼，老爹接起了電話，一開口就是氣呼呼的興師問罪：「喂，龜兒子你給我介紹的啥鬼地方，我釣了一整天，毛都沒釣一根。」

電話那頭，只有滴滴答答，像是滴水的聲音。

這滴水聲在黑乎乎的竹林中，顯得極為驚悚。

「喂，你說話呀，怎麼不說話了？」老爹問。

終於，電話的那邊傳來了一個極為痛苦的聲音：「老哥，你來那了嗎？」

老爹覺得有點怪，一般人說到哪兒，都說是去了嗎，為什麼自己的釣友，要問他來了嗎？就像他也在這兒似的。

「我來了，就在這野塘邊上，這地方邪乎得很。我——」老爹的話還沒有說完，他的釣友就打斷他。

「你來了！來了就好，來了就好。」釣友的聲音越發的陰森可怖：「你看到我沒有，快來救救我！」

「救你？」老爹和李俊都愣了愣。

「你遇到了什麼危險嗎？要不要幫你打電話報警，你現在在哪？」老爹問。

他們這些資深的釣魚人，經常在荒山野嶺釣魚，確實是會遇到危險。況且自己這位釣友似乎無親無故，或許出於無奈才會將電話打到他這裡。

可是釣友接下來的一句話，讓他們徹底嚇破了膽。

「我就在這裡。我就在你的魚竿下面。快救我！拉我上來。我好難受，我好痛苦。快！」

「快，救我！」

一股凍徹心腑的陰冷從兩人的身上掃過，這兩爺子「哇」的尖叫了一聲，渾身都抖起來。

他倆被嚇到了。

直播間內的一萬多名觀眾，同樣也都嚇呆了。從黑色竹林裡吹到水邊的涼颼颼的風，似乎也一同透過數據信號，吹到了他們身上。

「我操，好可怕。」

「主播，你們的道具真齊全，劇情是提前編好的吧。老爺子的釣友，表演得能拿奧斯卡了。」

「這裡可是生活直播區，直播釣魚怎麼變成靈異風了？主播你不厚道啊！嚇死老子了。」

一眾彈幕紛紛在直播螢幕上飄過。

老爹拽在手心裡的電話那頭，滴水聲更加明顯了，空空蕩蕩的水滴落，掉入液體中的空洞聲，彷彿就在身旁一樣。最終，電話裡的聲音，和被魚竿釣起來的白布上，不斷滴水的聲音重合在了一起！

不，這根本就是同一個聲音。

這電話到底是從哪裡打來的？

猛地，還抓在老爹和李俊手裡的魚竿突然抖動了一下。毫無預兆的，那條骯髒的白布變得異常沉重，魚竿直朝水中墜落下去。

李俊和他爹愕然的望過去，只見湖水當中，不知何時冒出了一顆腐爛的人頭。那顆人頭將黑洞洞的，已經沒有肉的鼻梁探出水面，一口將白布牢牢咬住，拚命朝水中拖拽。

老爹恐懼的大喊一聲：「龜兒子，那個人頭，就是我釣友的。你看他右邊的大金牙，和我釣友嘴裡的一模一樣。媽的，咱們真他媽撞鬼了！」

「嗚哇！」

兩人再也顧不上收拾東西，不斷發出尖叫，瘋了一般的朝竹林深處逃去。

李俊年輕跑得快，他剛跑沒多久，就聽到親爹在自己身後發出了一陣慘叫。他轉過頭去，看到了難以置信的一幕。

本來已經扔掉的魚竿，不知道什麼時候又回到老爹手中。魚竿上那一團白布，裹在了老爹的腦袋上。老爹雙手雙腳被一股看不見的力量，一口一口的啃咬。

每咬一口，老爹的骨肉血液就全蒸騰成黑色的霧氣，消散在空氣中。很快他爸森白的手骨和腳骨，全都暴露在了空氣裡。

「好痛，兒子，救我，快救我。」老爸痛得瘋狂慘叫，可那無形怪物依然不停的啃噬著父親的身體，大量的黑霧騰起，化為惡臭味。老爸的身體在這股黑霧中，越變越小。

最終，只剩下那顆被白布包裹著的頭，還完好無損。

白布的空隙中，老爸瞪著充滿猩紅血色的雙眼，死不瞑目的一眨不眨，狠狠盯著自己的兒子。

李俊嚇得大小便都快失禁了，他拚命的跑。

突然，他感覺到自己的手心冷冰冰的。李俊目瞪口呆，他媽怎麼回事兒？明明留在湖邊上的手機，不知何時，竟然出現在自己的左手手心中，被自己死死的拽著。

直播還在繼續。

直播間內，一萬多名觀眾看到了老爹淒慘的死亡直播，但大多數都不以為然，根本沒人相信。反而痛罵主播在弄虛作假，將好好的釣魚直播變成了恐怖直播，紛紛威脅要退關注。

許多人是真的憤怒得退出了直播間。

不過這一切，李俊都完全不在乎了。他只想逃，遠遠的逃離這裡。

這傢伙都不知道自己怎麼走出竹林，開著車回到家的。他報了警，但警方並沒有在那片亂墳崗中，發現什麼黑色的竹林，更沒有找到他們釣魚的那處野塘。父親的屍體，不知所蹤。警方甚至懷疑李俊殺死了他的親爹，不過因為沒有證據，他才逃過了一劫。

但事情遠遠沒有結束。

因為李俊驚恐的發現，自己的手機直播間，無論如何也無法關閉。

不是關不上，而是沒法關，他也不敢關。

每當他想要關掉時，螢幕上就會出現一排血紅的彈幕，提醒著他，只要關閉直播，他就會像自己父親一樣——

死掉……

04 第五扇門

李俊被詛咒了。

準確的說，他的直播間被詛咒了。從那之後，他根本就不敢關閉直播，這樣造成了一連串糟糕的馬太效應。

看他直播的粉絲，每天看到他反常的只是播了些吃飯，睡覺。而這些無聊的直播中，李俊也顫顫駭駭、魂不守舍。

這世上，沒有誰是重要的。

大量粉絲毫不猶豫取消了關注，沒幾天，李俊的直播間就一個人也沒剩下了。空蕩蕩的直播間內，只有他一個人不敢關手機，不敢關掉直播，就連參加父親的葬禮，也舉著手機直播著。

他的奇怪舉動被視為不孝，遭到親友們的指責。李俊有苦難言，因為他身上有個可怕詛咒，沒有人會相信。

許多次，無數次，他想萬一這只是惡作劇呢？如果他關掉直播的話，或許什麼事都不會發生，也說不定呢？

可他不敢賭。

一有關掉直播間的想法，那紅色的彈幕就彷彿會讀心術，適時的彈了出來。無時無刻不在提醒著他，停止直播，就會死！

這苦悶、這恐懼、這深入骨髓的害怕，讓李俊苦不堪言，痛苦到極點。

終於有一天，那股恐懼和痛苦在他喝酒後爆發了。他將這件事用另一支手機，發在微信群中。所有人都在微信中留言，安慰他的，讓他去看心理醫生的居多。畢竟大多數朋友和親戚，都知道他父親失蹤了。

只有史艾遷看到後，感覺到有點不太對勁。他連忙聯絡李俊，史艾遷敏感的認為，李俊或許遇到了可怕的穢物，被詛咒了。

死胖子在電話裡寬慰了自己的朋友後，兩人約了見面時間。在李俊的家中，史艾遷賽看到了那一支不能關閉的、被詛咒的手機。

「開天光。」史艾遷顧不得驚世駭俗，也沒在意會暴露自己除穢師的身分。他在友人的震驚中，掏出一張符咒捏破。

那張開天眼的符，瞬間化成飛灰。史艾遷用精湛熟練的手法，迅速將黑灰塗抹在他和李俊的雙眼上。

李俊頓時看到了他這輩子，最難忘、最驚愕的一幕。

只見自己的手機上，縈繞著一股黑色的煙霧。那煙霧中彷彿無數冤魂在號叫，表面上無數像是骷髏頭模樣的怪東西在翻騰。每當有人偶然進入直播間，手機的螢幕就會冒出微弱的白光。而那黑霧形成的骷髏頭，就會立刻朝白光撲過去，將白光的溫度吸食殆盡。

這一幕，不光是他，就連史艾遷都看得呆住了。死胖子作為除穢師世家，啥沒看到過，可這個他是真沒見過。

「幸好你沒有貿然關閉直播間，否則你肯定會死。」史艾遷的雙眼一眨不眨的看著李俊的手機。

他能確定手機中的黑霧確實是詛咒。詛咒的來源，應該正是李俊口中那個黑竹林，又或者野塘中埋藏著的怨氣。

「坐著不要動，我先試著解決一下。」這詛咒雖然詭異，但看起來很弱小。史艾遷沒咋在意，隨手捏了個他們史家特有的法訣。

死胖子手指間金光乍現，他探手，伸出一根中指，點在了手機上。

說時遲那時快，黑霧中所有的骷髏頭彷彿都察覺到了什麼，全部轉過腦袋，陰森森的看向史艾遷。死胖子打出的法訣，竟然被黑霧躲開了。

「不對勁。這詛咒有思考能力和某種本能。」史艾遷當時就流下了冷汗。按理說，這麼弱小的詛咒不應該有本能才對。

還沒等他想明白，被攻擊的黑霧已經分裂出了一小部分，從本體中脫離出來的骷髏頭朝著史艾遷當頭罩下。

「該死，反噬了！」死胖子嚇了一大跳，飛身後退的瞬間，胖乎乎的雙手靈活的捏了無數繁複的手訣，可他用盡了所有會的除穢術後，依舊沒能阻止黑霧的反噬。

幾分鐘後，史艾遷面如死灰：「完蛋了，要死了！」

黑霧被除穢師攻擊後，反而更加強大。史艾遷無計可施，只能眼巴巴的看著黑霧衝向他，本以為就要命喪當場了。但怪的是，那些黑霧彷彿對他並不感興趣，從他身上穿過後，黑霧形成的骷髏頭興奮的淒厲慘叫著，衝入了他的手機中。

驚人的一幕出現了。

史艾遷手機的螢幕自動亮起，接著就是一連串脫離主人控制，自動生成的眼花繚亂的操作。

手機自行安裝了一款叫做水晶直播的直播軟體，自行開通了直播認證，沒幾秒鐘，一個嶄新的，屬於史艾遷，而且直播頭像用的還是他本人那張胖臉的直播間，就在這傢伙的手機中生成。

直播間的狀態顯示正在直播中，冰冷的前置鏡頭如同一隻眼睛，陰森森的盯著他，將死胖子的一舉一動都直播了出去。

他的手機被黑霧包裹，那些骷髏頭不斷的一收一縮，如同心臟在搏動。

「媽的，見鬼了。」史艾遷驚魂未定，他有種死裡逃生的後怕。本以為逃過死劫，可接下來的事情，讓死胖子臉色頓時變得慘白。

因為當他拿起手機，想要將直播關掉，切換回桌面的瞬間，分明一個人都沒有的直播間內，卻猛地彈出了一條鮮紅色的彈幕。

「不能關閉直播，不能丟掉手機，不能關掉螢幕。否則，你會死。」

縈繞在手機上那些一顆顆骷髏頭模樣的東西，此刻就像在唱歌。史艾遷的肥臉動彈了幾下，他明白了。

那紅色彈幕，分明是從這些骷髏頭的口中，說出來的。

這詛咒，果然有意識。

史艾遷技不如穢，除穢失敗後落荒而逃，回到了史家後，將這件事告訴了長輩。他手機被詛咒的事，頓時驚動了許多人。作為史家第一順位繼承人，史艾遷身上的詛咒，連家中的老祖，一位德高望重的準A級除穢師也被請出了山。

咒。

但令人絕望的是，所有人都一籌莫展。就連老祖宗也無法消除史艾遷手機上的詛咒。

沒有人見過如此特殊的詛咒，這詛咒根本沒辦法消滅。而且一旦用除穢術攻擊，它就會分裂進入別人的手機中。

這種詛咒就像病毒，而傳播的方式，就是你對它進行除穢。至於不被傳染的方法也很簡單，那就是不要用手機。

注意，是真正意義上的不使用手機。因為你的手機無論放在哪兒，在你除穢的一瞬間，詛咒都會順著某種未知的追溯，來到你的手機上。下載直播軟體，替你開通直播間。

關掉直播，就會死。

剛開始沒有摸清門道的史家年輕除穢師們，紛紛中招被詛咒。有些除穢師不信邪，不顧紅色字幕的警告，將直播關掉。

頓時，那股詛咒猛地滋長變大，骷髏頭會飛出來，將關閉直播的除穢師啃噬乾淨。更可怕的是，被啃噬的除穢師的血肉，會變成黑色的煙，匯入詛咒中，那些變得更加強大的詛咒在宿主死後，不知去向。

但史艾遷深深明白，那些詛咒，並不是消失了，而是以某種形式，滋長著，隱藏著。

幸好老一輩不用智慧型手機，一時間史家上下焦頭爛額。小輩們因為這可怕的詛咒，死了不少。史艾遷內疚的將自己關在家中大門不出二門不邁，但卻於事無補。

史家也嘗試過聯繫龍組高層，但高層最近不知道在忙什麼，遲遲沒有回覆。

詛咒在史家蔓延，大部分小輩手中都高舉著手機，臉色發白的開直播。作為常年手機不離手的年輕人，他們生平第一次，如此的痛恨自己手中的手機。

史艾遷沒有辦法，他不想坐以待斃，更不想因為自己一時的魯莽而毀掉史家。剛好前些日子他通過了人才評定賽，於是死胖子毅然決定參加集訓營的訓練，想要透過集訓營的老師聯絡到龍組高層，尋求幫助。

他萬萬沒想到，自己去參加集訓確實是對的。因為他意外的遇到了夜諾，而人家老大簡直就是神人，一出手也沒費啥工夫，就幫自己解除了整個史家都難以對抗的恐怖詛咒。

「老大，遇到你真是太好了。」死胖子講到這兒，眼淚都出來了。這舉著手機直播，每天都提心吊膽，生怕放下手機就會死掉的日子，簡直是地獄級的。他奶奶的，比死都難受。

夜諾聽完史艾遷講述的經歷後，陷入深深的沉思中。

他和詛咒正面硬槓過，這詛咒看起來平平無奇，也沒啥攻擊力。沒想到居然連普通的準A級除穢師都無法對付。

但這種事，怎麼聽起來那麼熟悉？

突然，夜諾雙眼猛地一亮。奶奶的，這難不成就是第五扇門的任務吧？

沒錯，可能性極大。

畢竟世界是線性的，而暗物博物館的任務，不可能在他開啟門的一瞬間，才會在線性的世界開啟任務線索，露出邪惡的獠牙。

更有可能是暗物博物館在他開每一扇門的瞬間，就會就近搜尋某種跡象，將那些跡象佈置成任務，讓他來完成。

而那些跡象，通通都和陳老爺子的骨頭有關。

其實關於這個理論，夜諾一直都在猜測，而這一次，說不定有了證實的機會。

至於這特殊的詛咒，或許又是什麼東西，意外得到了裝著陳老爺子屍骨的盒子。被陳老爺子骨頭中含有的可怕力量感染，從而獲得了特殊的能力。

否則難以說明，為什麼這麼弱小的詛咒，竟然不害怕A級除穢師除穢，甚至還能從除穢術中吸取力量，變得更加強大。

因為從陳老爺子的骨頭中得到的力量，本就是極為特殊的，和普通的穢氣不同。

夜諾越想越有可能。

本來因為任務間隔期的時間還早，並不急於打開第五扇門的他，現在心頭一片火熱，急不可耐。當即就決定下午跟老師請個假，回暗物博物館一趟。

如果第五扇門打開後，任務真如自己所想的那樣，那麼博物館的秘密或許又會被他揭開了一層。

夜諾對此很有信心。

史艾遷離開前還哀求夜諾，希望他去自己家一趟，幫他的家人們解除詛咒。夜諾毫不猶豫就答應了，這死胖子性格很討喜，而且舉手之勞就能幫朋友一把，那他肯定會乾脆的幫忙的。

下午的集訓課比較無聊，大多都是理論知識以及基礎的除穢術練習。鑑於夜諾一來就將班主任弄傷，也沒有人敢上來找他麻煩，甚至就連穢術練習時他打小差，也沒人管他。

夜諾樂得輕鬆，打著哈欠找了個陰涼的樹蔭，坐在那玩手機。

腦子裡，他還在不斷思索史艾遷友人李俊的故事。這李俊是在西城的郊外被詛咒的。

夜諾用手機打開地圖。地圖上顯示，西城郊外確實有一處和李俊說的差不多的亂墳崗。

但衛星影像裡，亂墳崗的旁邊並沒有任何竹林，更沒有野塘。最靠近亂墳崗的水域，也遠在十多公里之外。

他們究竟去哪釣魚了？還是說，這處所在是有問題的？

夜諾猛然想到了一種可能性。在打開第四扇門後，他通過研究前人的手札，以及書籍又補充了大量的知識。

或許李俊和他老爹來到亂墳崗後，就被拉入了某種穢物設置好的陷阱中。暗物博物館前輩們的手札裡，記載了一種叫做臨界的區域，它不同於世界上隨處都能找到的空間裂縫，這種臨界是穢物建構出來的。

但也並不是所有的穢物，都有能力建構臨界。據手札記載，僅僅只有準虎級以上的穢物，才能掌握建構臨界的力量。

臨界極為可怖，進入其中的人實力會受到極大的壓制。而穢物的能力，甚至可以暴增數倍。而且每一種穢物的臨界都不相同，和穢物的能力、屬性，以及成長經歷有關係。

那黑色竹林，那釣魚的水潭，說不定，正是那詛咒了李俊和他老爹的穢物的臨界。

但仍舊有一點，讓夜諾至今都無法想通。穢物的詛咒中，詛咒的觸發條件，居然是不能停止直播，不能關掉螢幕，還會在別人的手機中自動安裝直播軟體。

這麼不可理喻而且莫名其妙的詛咒，又是怎麼回事？

按照夜諾以往的經驗，穢物總是都有自己的目的。詛咒李俊，傳播詛咒的穢物，它的目的又是什麼呢？

線索太少了，夜諾最後放棄繼續思考下去。他急需更多的線索，才能解開謎團。下午的集訓結束後，夜諾屁顛顛的跑去找美女老師請假。

李夢瑤冷冰冰的瞥了他一眼，毫無感情的說：「集訓營，不允許請假。」

夜諾皺了皺眉頭，低頭看著這女人手裡拿著正準備簽字的，別人的請假條，聲音也冷了：「不允許的意思。是你不允許，還是集訓營的規則不允許？」

李夢瑤微微抬頭，她的臉有點僵硬。當了許多年老師，還是第一次，有學員敢這樣跟她說話：「我不允許。」

她的聲音很好聽，但是語氣不容置疑。

可偏偏夜諾置疑了她：「但我今天就是要請假，不管你允許不允許。」

「你！」美女老師銀牙緊咬，氣不打一處來的看向夜諾：「你現在是什麼情況，自己沒有點逼數嗎？劉家早就派人在學校外堵著你了，你一出去就會死，你懂不懂？」

夜諾頓時有點懵，我操，這老師居然是惦記自己的安危，而不是故意和自己抬槓。

這師德寬廣的胸襟，讓夜諾有些動容。

但他急著回博物館，老師的胸襟什麼的，還是讓她自己感動自己去吧。

夜諾笑了兩聲，厚著臉皮道：「老師，我看你的年齡也沒比我大兩歲，就別替我擔心了。劉家想要弄我，他們還不夠資格。」

「什麼叫我沒大你幾歲！」李夢瑤白了他一眼：「我看過你的檔案，夜諾，我跟你同年好不好！」

御姐氣不打一處來，自己是有名的情商低，沒想到跟前這傢伙的情商比自己還低。自己惜材，看夜諾是個好苗子，好心想讓他留在集訓營，畢竟在這裡是更安全的。劉家哪怕能在春城隻手遮天，也不敢在這所學校亂來。

但夜諾這人怎麼就這麼不知好歹？

「我知道老師你在擔心那個什麼劉家對我不懷好意。不過這件事我自己能解決。你不可能將我關在學校裡一輩子吧？」夜諾將請假條推了過去：「麻煩老師將這張請假條簽了。」

李夢瑤又將請假條給推了回來：「我不會簽的，我簽了。這就是一張催命符。劉家不是一般的地方家族，你惹不起。」

夜諾鬱悶，自己特麼真的沒將那個劉家看在眼中。可偏偏這小娘們也太固執了，怎麼說都說不通，磐石般的性格。夜諾有點不耐煩起來，他一甩手：「老師，無論如何，明天我都會出去一趟。你不簽請假條，那我就自己走。」

「自己走。」李夢瑤聽到這兒，氣得樂了：「夜諾，你真以為這所學校是你家的後院，想走就能走？」

御姐老師冷聲道：「這所學校有數位A級除穢師聯手製作的封印保護，就算是A級初期的除穢師，也不能來去自如。你想走？也要有這個本事。」

說到這兒，御姐又怕傷了這棵好苗子的自尊心：「你看看你，都二十歲了才E級初期。雖然不知道你用了什麼手段將劉主任弄傷。但想破除學校的結界，可沒有那麼簡單，不是投機取巧就能搞定的。」

沒有請假條，就無法從正門離開學校。這一點，無論是李夢瑤還是夜諾都清楚得很。

夜諾笑起來，對著御姐眨了眨眼：「要不，咱們賭一賭。」

「賭？」御姐愣了愣，她的學生居然要和自己這個老師賭，這特麼啥人啊：「賭什麼？」

「以凌晨十二點為限，如果在十二點前，我能順利解開學校的結界，成功離開這裡。那等我回來，你就將請假條簽了。而且我以後請假，你不准不批。」

學校對學員請假的事，沒有太多的規則限制。但大門口有幾位看起來平平無奇，實則讓夜諾都覺得頗為棘手的保全守著。

這幾個保全說是保全，但哪有地方會這麼奢侈，居然用B級除穢師當作保全的？在春城這偏僻的中部城市，B級堪稱掃地僧般的存在。夜諾倒是有信心贏，可會浪費許多的時間和能量，甚至會暴露敏感的手段。更何況，這本就是沒有必要的事。

所以學校的創辦者們，只規定了沒有出門條，就不能從大門出去。因為沒人想得到，初入學院的學員中，會有夜諾這種逆天的存在，不經班主任允許，堂堂正正的準備破開學校結界走掉。

這根本就是不可能的事，哪怕是天之驕子也做不到。但夜諾不光如此打算，還跟自己的美女班主任打了賭。

李夢瑤同樣也不信夜諾能走得掉，她用美麗的雙眼，一眨不眨的看著夜諾：「你是認真的？」

「沒錯。」夜諾點點頭：「我很認真。」

「好！我跟你賭。」御姐點點頭，那張俏臉上雖然沒有任何表情，但是她也很認真：「如果你賭輸了，就不能再耍賴。這一個月務必老老實實的待在集訓營裡，不准出去半步，也不能請假。」

「可以。」夜諾笑了。

「我不信。」李夢瑤對這個棘手、愛惹麻煩而且莫名其妙自信心爆棚的學員很頭痛。她抬起俏麗的臉，探手迅速捏了個繁複的法訣。

很快，一個絢麗的法訣浮現在空中，在無風的空氣裡淡淡的晃動著。

「咬破中指，點在誓言咒中間。」

夜諾第一次見到誓言咒。這咒法很漂亮，等級不高，但約束力非常大。任何誓約在它面前，可比空口白話有用多了。花紋繁複的誓言咒孤零零的飄在空中，靜靜等待他觸發咒紋。

這小娘們是認真的。

夜諾沒猶豫，將中指輕輕點在了咒法上。

花紋猛地一縮，然後破碎在虛空中。咒法成！

李夢瑤這才滿意的點點頭，將夜諾遞去的請假條接過來，壓在了教案下邊：「好了，請假條我收下。我拭目以待，看你怎麼在凌晨十二點前，離開學校。」

「謝謝！」夜諾鄭重的道謝，說實話，他有些小感動。作為老師的李夢瑤，雖然冷冰冰的千年不化，但嘴惡心善。哪怕劉家和自己有過節，而她和劉家又頗有淵源。但御姐並沒有偏袒劉家。

至少在這個集訓營中，她是自己的老師，而老師的天職就是保護學生。龍組有這樣的好老師，讓夜諾不由對龍組高看一眼。

從教師辦公室離開後，夜諾走到操場上。突然，他停下腳步，捏了個手訣輕輕拍在眼皮上。

瞬息間，這天不再是天。原本空蕩蕩的天空，陡然出現了一道鐵幕將整所學校密不透風的籠罩著。蔚藍的天空，潔白的雲朵通通消失，只剩下那一片片菱形的結界，充滿了淡淡的威嚴感，以及牢不可破，堅不可摧的蓬勃氣勢。

夜諾摸了摸下巴，心裡有了底。這結界在他進學校時就研究過。和季筱彤家族中的結界術有異曲同工之妙，看來季家當初也派人參與過學校結界的建設。

這個結界，在龍組中也不是泛泛無名。它有個很堅硬的名字，叫做鐵壁。整個結界由六種結界術構成，每一種都不相同，但卻極為契合，天衣無縫。設計複合結界的人，簡直就是個天才。

不過，只要是人為的東西，就必然會有漏洞。

夜諾沒看多久便離開了，他來到食堂美美的吃了晚飯後，將慕婉以及史艾遷叫到他的宿舍中。

「小婉，我今天晚上要出去一趟。」夜諾首先對小蘿莉說：「你在學校裡比較安全，乖乖待在這兒，等我回來哦。」

「不要！」慕婉將小腦袋搖成了撥浪鼓：「阿諾，你去哪兒，我也要去。」

「不行！」夜諾斬釘截鐵的說。

慕婉雖然看起來和正常人一樣，但夜諾清楚得很，小丫頭的神魂和百變軟泥的契合並沒有那麼穩定。現在完全靠玉淨瓶裡的甘露來維持穩定。

但這種穩定並不可靠。

如果被強大到超過某種界限的力量或者詛咒攻擊，慕婉就會神魂破碎，真正的死掉。

劉家他確實沒看在眼裡，也不覺得對方能給自己帶來多大的威脅。但史艾遷碰到的詛咒太危險了，他完全沒底兒能在對抗這詛咒，尋找詛咒的根源時，保護丫頭。

見完全沒有迴旋的餘地，一直都很聽話的慕婉只好可憐巴巴的點了點頭：「知道了，阿諾總是對的，我等你就是。你要早點回來。」

「我會的。」

夜諾憐愛的揉了揉丫頭的小腦袋，轉過頭對死胖子說：「胖子，晚上你跟我出去一趟。」

「出去？」史艾遷一喜：「老大，難道你要去幫我家的人摘除詛咒嗎？」

「順路幫你們一把。」夜諾點頭。

史艾遷驚喜得眼淚都肆意流淌在白胖的大臉盤子上。他的朋友，還有他們史家那麼多年輕人，都被這骷髏頭一樣的黑霧詛咒著，隨時都會沒命。多浪費一天，史家就會多一個人喪命，老大早點去救人，簡直是幫了大忙。

可不一會兒，他就苦著臉，鬱悶道：「但是老大，我沒有請假條啊。怎麼出去？」

「沒關係，我幫你請假了。」夜諾淡淡說道，他看了一眼手機：「就這麼定了，我們今晚十一點十分會合。」

「好咧！」死胖子高聲道，他樂得都不知道該怎麼辦了。他們史家有救了，有救了！

老大不愧是老大，就連出發時間都這麼與眾不同。不過，學校的請假條，別人能幫著一起請嗎？

史艾遷沒多想，直到當夜十一點過，兩人會合時，這胖子才反應過來。

咦，什麼情況。現在這個時間，學校大門早就關了啊。他們到底該怎麼出去？

帶著滿腦袋問號的史艾遷，夜諾朝操場的右側走去。學校所有的燈都已經熄滅，只剩下無盡的黑暗。

無論什麼學校，一到午夜總是帶著一絲淒厲的氣息，讓人不寒而慄。哪怕這裡是除穢師的教育機構也不例外。

史艾遷被帶得越走越偏，他終於忍不住，弱弱的指了指大門的方向：「老大，出校門應該往那邊走！」

夜諾笑了笑：「我的請假條有點特別，咱們不走大門。」

胖子撓了撓頭，內心極為嘆服，老大就是老大。人家出校門都不走大門的。咦，不對啊，不走大門，還能走哪兒？這所學校可只有這一處能夠出入的地方啊！

還沒等他佩服完，死胖子就目瞪口呆的看著夜諾來到操場盡頭的圍牆下。

圍牆外，一牆之隔的地方就是外界。來過集訓營三次的史艾遷看著近在咫尺的圍牆發呆。這看似弱不禁風，由兩公尺高的紅磚砌成的牆壁。其實極為堅固，而且有結界保護著。就連普通的Ａ級除穢師都難以轟破。

老大帶他到這兒來是什麼意思，該不會是自己想的那個意思吧？

夜諾抬頭，微微瞇起眼睛。雙眼已經被他施了特殊的咒術，他能清楚的看到學校整個鐵壁結界的脈絡。

漆黑的如鋼鐵般的網狀物，籠罩在學校上空，由無數菱形結界整合在一起。每一片菱形都看似密不透風，其實卻有空隙。

哪怕是這種複合的結界陣法，也萬變不離其宗。無論怎麼變，它都脫胎於暗物博物館流出到人世間的除穢術。夜諾很有信心，將其破開一個口。

他的大腦不斷計算著結界的薄弱處，想要找到一個可以局部破壞的理想位置。瞧了一陣後，夜諾往前走了兩步，鼻尖幾乎要貼在了圍牆的牆壁上。

「老大，我們靠這麼近要幹嘛？我操，您該不會是想要從這出去吧？我的老大喔，整個學校都被佈置了結界，我們根本不可能出得去。」胖子說。

這傢伙他不笨，轉念一想就明白了。以他們班御姐副班主任的尿性，肯定是知道了劉家在學校外虎視眈眈，對老大不利。所以沒有准老大假，自己的老大只能通過非常規的手段才走得掉。

想到這兒，史艾遷猛地睜大了眼睛。該不會老大是真的想，從這堅不可摧的結界中，破開一條道鑽出去吧？

這怎麼可能做得到？不要說以他們的實力，就算是他史家的老祖宗來，說不得也要費很多的工夫，還不一定能搞得定。

畢竟龍組掌握著最高級的除穢術，他們的技術，可遠遠不是自己這些小家族能比擬的。

自家老祖宗做不到，更不用說他和夜諾了。

「老大，這是鐵壁結界，龍組十大結界之一。我們根本破不開，還是換別的辦法吧。」胖子弱弱的勸道，他完全不認為夜諾有辦法打開結界：「要不咱們再去問問老師，李夢瑤那傢伙雖然嚴肅，但是其實心軟得很。」

夜諾根本就沒有聽胖子在身旁嘀咕些啥，他的雙眼不斷追著結界的脈絡。就在史艾遷的聒噪中，他突然伸出一根手指，在虛空處微微一點。

「破穢術！」

整個世界，彷彿都顫動了一下。那顫動的微弱幅度，讓人感覺像只是幻覺而已。

「搞定，走吧！」夜諾淡然的說。

「啥？啥搞定了？」史艾遷有點懵，他什麼都沒有看到，就只看到夜諾隨手虛晃了一下。這他媽怎麼可能搞得定？那可是大名鼎鼎的鐵壁結界啊。

接下來的一幕，看得死胖子眼珠子都快掉下來了。只見夜諾沒解釋，輕輕鬆鬆的雙腳一頓，整個人就跳過了兩公尺高的圍牆，消失在了夜色中。

「特麼，老大真把結界解除了。」史艾遷難以置信。老大究竟是什麼人？不光能破除自己身上的詭異詛咒，甚至只用了一會兒的工夫，就將龍組排行前十的鐵壁結界輕鬆破掉。

更可怕的是，夜諾的實力才只有E級初期，比自己這個D級初期，還低了六個等級。

潰。

這已經不叫不可思議了，而是奇蹟了。

死胖子只聽到自己腦子裡傳來一陣破裂的響聲，那是他的人生觀和價值觀在崩潰。

「胖子，快過來！」一牆之隔外，傳來了夜諾的喊聲。

「來了，來了。」史艾遷連忙答應了一聲，一咬牙，學著夜諾的樣子，也發力跳起來。他內心深處還保留著對鐵壁結界的懼怕。所以在穿過結界的瞬間，這傢伙用力閉上了眼睛，生怕和鐵壁結界正面撞上。

那結果，可不是單單受傷那麼簡單。但前方空蕩蕩的，越過原本有結界的位置時，他什麼都沒有撞到，順利的穿了過去。

就在他們跳過圍牆的瞬間，一道冰冷的嬌喝聲傳了過來：「夜諾，你快給我回來！你真不要命了？」

一道窈窕的身影，飛速竄了過來。那堅毅卻又美麗的臉龐中帶著焦急，李夢瑤幹練的短髮被夜風吹亂，她目光爍爍，卻止步於牆壁之下。

抬頭看著圍牆上緩慢恢復的鐵壁結界，李夢瑤沉默了。這個夜諾到底是怎麼將鐵壁結界局部毀掉，而沒有觸發整個結界的反噬的？

夜諾實在是太神秘了。

按照學校規定，老師在集訓期間不能離開學校半步。李夢瑤只能焦急的對圍牆外的夜諾喊話。

「老師。這個賭我贏了。請幫我把請假條簽好，我過兩天就回來。」

夜諾淡淡的一笑後，帶著史艾遷急匆匆的離開了學校範圍，只留下李夢瑤氣得跺腳。

一路上，傳說中劉家的堵截根本就沒有出現。其實也很正常，劉家哪裡想得到夜諾竟然有本事將學校的鐵壁結界破開，從圍牆離去。

他們到大門口蹲守，死死盯著所有進出的人。只要夜諾出現，就要抓住他，帶回劉家問罪。

兩人找了一輛網約車回到春城時，已經是凌晨一點半了。夜諾問了史艾遷他們家的地址後，讓胖子先行回到史家。

等這傢伙離遠後，他確定周圍沒有人跟蹤自己，這才回到暗物博物館。一路沒有停歇，夜諾穿過博物館走廊，來到了第一層樓的第五扇門前。

在敲門的一瞬間，他略有些緊張。

終於要到證明自己猜測的時刻了。

就在他敲響這扇斑駁的木門的一瞬間，照例，一行血色的文字，就浮現了出來。

——人類的進步速度真的很快，透過一支小小的手機，就能窺探到別人的世界。有人在鏡頭前擺首弄姿，期望著一夜暴富。也有人躲在鏡頭後，舔舐著別人無趣的人生。

但是有欲望的地方，就是光明照射不進去的污穢之地。

新的管理者啊，請尋找潛伏在直播鏡頭內看不到的那一個秘密，並將其獻給我。

我將開啟這扇門。

時限：二十二天。

失敗或超時，新的管理者啊，你將會變成過去式。

夜諾此刻的心臟，在不斷怦怦的跳動著。他猜對了，暗物博物館的任務，果然和這個世界正在發生的事有關，而且關聯性極強。世界的線性，並不受博物館的影響。而博物館的一個個任務，不過類似龍組發布的任務，只是危險性更高，而且僅僅屬於他一個人參與的另類任務罷了。

對暗物博物館的秘密，夜諾又加深了理解。等心潮澎湃的情緒恢復後，夜諾細細咀嚼起任務內容來。

—05—

拔除史家詛咒

博物館的任務，每一個字都蘊含深意，沒有任何一個字是多餘的。

但這一次的文字說明和夜諾想的不同，沒有什麼彎彎繞繞，字面上明說了，任務和手機有關。甚至連目標都點明了，是和直播有關係。

夜諾揉了揉太陽穴。雖然人物的目標很明確，但是，卻令夜諾極為頭痛。因為目標實在太大了。現在市面上的直播軟體有許多款，到底自己的任務，在哪一款APP中作祟，還是說，只要是直播軟體，它就能利用其來傳播詛咒？

而那個意外獲得陳老爺子屍骨的穢物，也極有可能就躲在某一支手機裡。

更何況當初夜諾一直都在懷疑李俊和他爹是在黑色竹林被詛咒的。但現在看來，李俊身上的詛咒來自直播間。

但這個世界看直播的人光在唐國就有幾億。要想在幾億人中挑選一個特定的人群來描繪受害者的畫像，那簡直是大海撈針。更不用說網路連接著世界各個角落，就算揪出那穢物，但它的位置也存在不確定性。這邪穢可以躲在世界的任何一個角落，夜諾根本鞭長莫及。

雖然以夜諾對穢物的了解，穢物肯定有自己的詛咒目標，而那目標或許還是固定的某一類人。

畢竟透過直播來詛咒，那麼肯定是有挑選條件的。而穢物挑選李俊的原因到底是什麼呢？如果夜諾能知道挑選的標準，就更有把握找出穢物的真身，甚至挖掘出穢物的目的。

「算了，走一步算一步吧。」夜諾撓撓頭，博物館的任務既然給出二十二天的時限，那麼就是估算過他可以在二十二天內完成。

博物館的目標是收集陳老爺子的骨頭，而不是害死管理員。所以對任務的選擇向來都從管理員的自身條件來考慮。

所以那穢物應該距離自己並不是太遠。

將第五扇門的任務深深的刻在腦海，夜諾休憩了一番後，進入管理室內，用雜貨市場買來的便宜貨寫了一大堆除穢符備用。

走出博物館時，已經日照山崗。春城今年的空氣很清新，夜諾找了一輛網約車，朝史艾遷給他的地址趕過去。

他心想，說不定能在史艾遷家中找到更多的線索。

此時的史家已經亂成了一鍋粥，不過用粥來形容，或許並不貼切。現在的史家，變得比地獄還可怖。

史家在春城也算是高門大戶。每個城市都有富豪，但那些所謂的富豪，不過是表面上的人類富豪罷了。在普通人類接觸不到的暗地中，城市裡真正支配權力的卻是除穢師家族。

這些除穢師家族傳承往往經歷了數百年，甚至幾千年的爭鬥，搶了大量的地盤。而勢力也在漫長的時間洗禮下，盤根錯節，深入到社會的各個方面。

春城同樣有四大除穢師家族坐鎮，而史家在這四家中屬墊底的存在。具體原因史家人清楚得很，百多年前因為某次人為災難，史家的大量除穢師典籍被人劫掠，導致他們修煉的功法出現了斷層，從此家道中落。

而老祖宗更是因為修煉典籍的缺失，遲遲無法突破A級，幾十年來都徘徊在準A級的修為上不得寸進。但其他三個家族，特別是劉家，家主已經突破A級，氣焰高張的劉家，隱隱有併吞另外三家的勢頭。

更雪上加霜的是，史家竟然遭遇怪異的詛咒襲擊。

史家老祖宗現在正焦頭爛額，特麼這怪詛咒，居然令他也束手無策。整個史家烏煙瘴氣，驚恐和死亡的氣息，瀰漫在偌大的宅院裡，每個人都惶恐無比。

史家的每個角落，隨處可見四十歲以下的年輕人每一個都舉著手機。手機螢幕裡千篇一律只有一個畫面，那就是空蕩蕩的直播間。面對著無人的直播間，每個人都無奈又恐慌的搔首弄姿，不斷充當業餘主播。甚至在這客串主播的行列中，還有幾個六十歲的中年人。

原本六十歲的他們還是史家的潮流分子，喜歡玩新奇的玩意兒。現在完了，新奇的玩意兒就快要了他們的命。

直播間裡一個鬼影都沒有，但沒有人敢關掉直播。因為極有可能螢幕熄滅的一瞬間，那一併關掉的還有你自己的命！

「再這樣下去，我們史家就完了。」老祖宗唉聲嘆氣，他無論如何也想不到，延續了六百多年的史家，竟然會毀在自己手上。

他死後該怎麼面對史家的列祖列宗？

就在這時，史艾遷回到家中，興奮的拽著老爸跑去找老祖宗。一路上老爸問他要幹啥，他都只是一臉喜色，直到看到愁眉不展的老祖宗，才道：「祖祖，我們家有救了。我在集訓營遇到一位非常厲害的兄弟，他能幫我們史家度過大劫。」

老祖宗一聽，頓時一閃身，瞬間就來到史艾遷身旁。他抓住史艾遷打量了一番，大喜道：「不錯，不錯。你身上的詛咒確實被拔除了。是哪位老師出的手？難不成是李夢瑤，李老師？」

李夢瑤雖然是個B級除穢師，但她的身分不簡單，在龍組中的地位也很神秘。最重要的是，據說她和十大家族中的李家關係很近。雖然她和劉家的關係也不簡單。這女娃是個刀子嘴豆腐心，說不定真有手段能拔除他史家的詛咒。

「不是老師。」史艾遷搖搖頭。

老祖宗更驚喜了，眼前一亮：「莫不是你個死娃兒攀上了高枝，和十大家族的某一位直系交了朋友？」

這詭異的詛咒，怕是只有大家族的直系，才有手段破解。

史艾遷仍舊搖頭：「我認識的老大，應該也不是十大家族的。」

十大家族中，可沒有哪一家姓夜的。

「都不是，那你那個朋友到底是誰，他真的肯幫我史家除穢？」老祖宗疑惑不已，連聲問。如果不是確實看出史艾遷身上已經沒詛咒了，老祖宗怕是都要以為自己曾孫腦筋有問題。

「他是我新認的老大，厲害得很。」史艾遷當即將夜諾在學校裡做過的驚人事蹟講了一些，聽得老祖宗和他爹都嘖嘖稱奇。

老祖宗用力拍了拍乖曾孫的肩膀，這胖乎乎的肥小子今天是越看越順眼：「不錯不錯，天下奇人異事多得很，瓜娃兒，你這次運氣很好。」

史艾遷頓時得意起來：「那可不。你是沒見過我大哥。我那大哥太神奇了。我有一種預感，那什麼龍組十大家族排出來的十大傑出青年排行榜上的人，給我大哥提鞋都配不上。」

「夠了！」老爹給了他一巴掌，呵斥道：「咱們家連春城第一都排不上，就不要去妄言人家十大家族了，做好自己的事。」

老祖宗頓時來氣了，要不怎麼說隔代親呢，這隔了兩代後更是親上加親。他也揚手給自己孫子來了一個大腦瓜子：「乖曾孫，別管你爹。你爹他就是個沒夢想的人。對了，你那位厲害的大哥，他什麼時候能來咱家？你看咱史家恐怕撐不了多久了，再這樣下去，就要斷子絕孫了。」

「我老大去辦一些事情，他親口跟我說，下午就能到。」史艾遷說。

「那感情好，傳令下去，張燈結綵！咱們史家要迎貴客嘍。」

老祖宗大手一招，讓下人以最隆重的禮儀來迎接夜諾這位救星的到來。

下午兩點，夜諾來到了春城的南郊，安安靜靜的站在一處宅子前，他有點懵。他在春城也待二十年了，還第一次發現，原來春城郊外竟然有這麼雄偉的建築。

不不不，用雄偉很難形容史家的宅院。但院牆上貼著的市一級文物保護單位的牌子，讓這處宅院更加彰顯不俗。

宅院上貼著許多除穢符，而院落的圍牆也特別修築成隱匿氣息的除穢陣。這會讓普通人哪怕站在院前，也會主動忽略這處宅院的存在。

不過院落到底如何雄壯，夜諾其實一點都不在乎。他就是奇怪而已，史艾遷不是說他們家族中年輕一輩都被詛咒了嗎？

看起來不像啊！

這宅子大門口還挺喜慶的，掛上了紅燈籠，開著彩燈。五公尺高的巨大木門前，就連一對銅獅子都擦得雪亮。

明顯是剛擦過的。

這特麼簡直是要嫁人的節奏啊，哪看得出來這個家族正籠罩在詛咒的陰影下，隨時都有死亡降臨，讓整個家族崩潰。

夜諾孤零零的站在史家大門口發呆，一個保全本來都還沒注意他，可見夜諾竟然沒和別的遊客一樣，站一會兒就走，甚至似乎還發覺了宅子的存在。

保全立刻就警戒起來，走上前喝道：「你哪兒來的？這裡是私家住宅不開放。要看文化古蹟請左轉。直行三百公尺，那裡有一處古代二郎神的舊廟。你們這些年輕人最喜歡去那兒打卡了。」

保全正想將夜諾趕走，突然聽到一聲呵斥。

「別不長眼，咱們家的貴客到了。」

立刻就有一個胖乎乎的年輕人，像球一般猛地從小門竄出，沒好氣的罵了保全幾句後，恭恭敬敬的朝夜諾走過來。

來人和史艾遷有幾分相似，大約二十多歲，同樣胖乎乎的：「您就是我弟弟史艾遷的老大，夜先生吧！」

「是我。」夜諾點點頭，好奇的看了這史家兄弟一眼。心裡暗自腹誹，這傢伙比史艾遷的實力高那麼一點點，年齡也大那麼一點點，就連體重也是多那麼一點點。

難不成這史家，實力和體重成正比？

而史艾遷的哥哥也在心裡直嘀咕，自己弟弟不是說他新認的老大特別牛逼嗎？但這夜諾看起來平平無奇，而且還是E級初期。比史艾遷的實力還差了一個大階段。怎麼看都不像能解除史家恐怖詛咒的模樣。

但弟弟身上的詛咒又確確實實被拔除了，這作不得假。

雖然這麼想，史艾遷的哥哥也沒怠慢，對著大門高聲道：「夜先生來了，還不快開門迎客！」

夜諾腦袋上飛過一群烏鴉，這話說得，什麼叫開門迎客，說得好像史家是幹那啥生意的。

眼前這古舊的老宅，那兩扇彷彿已經幾十年沒有開啟過的門。此刻，巨大的正門，緩緩的移動起來，發出轟隆隆的聲音。門向兩側緩緩敞開，露出了神秘的史家最真實的樣貌。

夜諾好奇的向內張望了一眼，不由得愣了愣。

這陣仗有點隆重啊。

史家的私宅極大，從大門看進去，映入眼簾的是個圓形的花園。花園大約有幾百平方公尺，從正門處的走廊分叉出許多條小徑，亭台樓閣無數，保持著古舊的氣息。主道上裝飾得更加喜慶，甚至還特意排放了大紅的牌子，上書：「恭迎史艾遷老大，夜先生光臨敝舍」。

夜諾略感尷尬，這陣仗怎麼看都不像是文化人幹得出來的，和院落的古舊和厚重一點都不搭邊。

史家人怕是書讀少了。

大門兩側所有的史家子弟都排成兩排，恭迎夜諾。史家老祖宗和史家第二代就站在花園主路最深處，笑咪咪的盛開著胖乎乎的臉。

這些史家人一個比一個胖，胖得很有特色，笑得花枝招展。夜諾努力板著撲克臉，內心卻已經笑開了花。我操，史艾遷的噸位在史家算是輕的了。實錘了，史家的除穢術絕逼和體重有關。

不過看史家歷史不短，但怎麼這麼沒有底蘊，這麼世俗氣息？這些也和他們家族特有的除穢術功法有關嗎？

和張燈結綵的喜慶不同的是，雖然在迎接自己，但史家年輕一輩的除穢師們，卻一個個手機不離手，甚至一隻眼睛偷偷瞅著他，一隻眼睛還在努力將眼神留在螢幕上。讓前置鏡頭，能框住自己的胖臉。

夜諾在史艾遷哥哥的恭請下，路過最近一個史家弟子。和他猜的一樣，這傢伙正開著直播軟體，雙眼空洞，神色惶恐。

那是在經歷長久的死亡重壓下，人類才會有的絕望。

在神秘詛咒中，整個史家都透著一股邪氣，逼人心魄。

夜諾一向沒啥表情，喜怒哀樂都隱藏得很好。但史家人不同，特別是小輩們看到夜諾後，表情變得相當怪。

不光是怪，還有一股濃濃的失望。

因為他們看到史艾遷口中叫大哥的人，他們隆重迎接的史家救星，實力居然才E

級初期罷了。奶奶的，這實力就算在史家年輕一輩中也是墊底的存在。

這種人，真的有能力救得了自己？

很多人都在懷疑。

反而是史家老祖宗沒有想那麼多，他閱人無數，卻覺得有點看不透夜諾。這個小夥子太沉穩了，雖然實力似乎很低微，可在一眾高階除穢師跟前，絲毫不露怯。這種蓬勃大氣的氣勢，竟然連自己都隱隱被壓了一頭。

這夜諾，不簡單！

老祖宗輕輕拍了拍曾孫的肩膀，史艾遷頓時一陣狂喜，看來自家老祖宗認同了老大。

「夜先生，請。」

史艾遷的哥哥引著夜諾，一路走過人群，來到史家老祖跟前。

「夜先生，您好，我是史艾遷的祖祖！」這位看起來一百多歲的老人，客客氣氣的對夜諾招呼道。

「客氣了。」夜諾微微擺擺手：「客氣話就不多說了。我也跟著史艾遷叫你一聲祖祖吧。麻煩您把被詛咒的人集中到大廳，我一次搞定。」

老祖宗摳了摳頭，這位貴人比自己性子還急。史艾遷的哥哥也道：「但夜先生，我們史家為您準備了豐盛的午宴……」

在史家，午飯是很重要的一餐，同樣重要的還有早餐、晚餐和宵夜。畢竟身體就是本錢。肥胖的身體才能迸發出最多的力量。這是史家一貫以來的宗旨。

但顯然夜諾趕時間：「不用了，我來的時候吃了泡麵。」

自己要做的事情很多，沒時間耗在這裡。

史艾遷扯扯自己老祖宗：「祖祖，我大哥就這個性。咱們辦正事要緊，客套的就丟一邊去。畢竟他是我大哥，不是外人。完事了咱們再吃好的。」

咋不說胖子就是心寬體胖，心思沒那麼複雜呢？雖然拂了面子，老祖宗的胖臉也依舊笑咪咪的，絲毫沒有生氣。

按夜諾的要求，將所有被詛咒的史家小輩們集中在會客廳中。被詛咒縈繞的小輩略有些緊張，又有些期待但更多的是懷疑。

他們明眼看得出夜諾不過是個低級的除穢師，實力也就比他們家打雜的強一點。這樣的人居然會被那個驕傲的死愛錢毫不避諱的稱為老大？而且據說還能拔除他們身上，連老祖宗都滅不了的詛咒？

他，有這個能耐嗎？

就在夜諾準備大展身手，解除史家的詛咒的同時，春城東郊的劉家也很熱鬧。

被夜諾砍斷了手的劉家小少爺，劉強的表姊回來了。

她看到自己喜愛的表弟居然斷了一隻手，這絕美的女子不由得雷霆震怒。

表姊叫杜欣悅，她的母親，也是劉強的姑姑，二十年前嫁進龍組十大家族之一的杜家。杜欣悅天賦異稟，十三歲被選為杜家聖女。才二十歲就已經是準S級除穢師的實力。

而且聖女的實力，通常都很難用表面等級評斷。表姊那一手出神入化的火屬性除穢術，就連普通的A級除穢師，都要避其鋒芒。一個不小心還會落敗。

更不要說，聖女還會僅僅只有聖女才能使用的神術。

除穢師界以實力為尊，劉家老祖原本在劉家的地位最高，但當杜欣悅回來時，就不一樣了。

劉家偌大的會客大廳中，所有人都在杜欣悅的怒火中瑟瑟發抖。

「弟弟，是誰傷了你的手？」

杜欣悅脾氣非常火爆，她發怒時，周圍的溫度就會急遽增高，那灼熱的熱度彷彿能將空氣中的氧氣全部焚燒殆盡，讓所有接近她的人都快窒息了！

「是一個叫夜諾的傢伙，我在去集訓營的途中，他看中了我手上的一件好東西，於是突然襲擊我，還殘忍的砍斷了我的手。」劉強眼珠子一轉，將前些日子哭訴給老祖宗聽的話，又跟自己表姊哭訴一次：「表姊啊，那個夜諾實在是太目中無人，太惡劣了，你可要為我報仇。」

「夜諾？簡直是混帳東西。他真以為傷害了我弟弟，這件事就這麼了了，哼。」杜欣悅漂亮的雙眸中，火氣激烈的燃燒，本來黑色的瞳孔頓時變成了熊熊的煉獄。

「姐，那個夜諾囂張跋扈，不光不把咱們劉家看在眼裡，聽說到了集訓營還打傷了劉明。」劉強火上澆油道。

「劉順家的劉明？他不是在集訓營當這一屆的班主任嗎？」杜欣悅有些愕然：「難不成那個夜諾也在集訓營當老師？不對啊，我怎麼沒聽過他的名字？」

「當然不是。」劉強把頭搖成撥浪鼓：「夜諾是這屆集訓營的學生，為人非常猖狂，仗著自己有點實力為非作歹。」

「劉明是個B級初期除穢師，他能傷到劉明，倒是有點實力。不過仗著勢力欺人太甚，這夜諾簡直不是東西。」火聖女嫉惡如仇，她感覺這個叫夜諾的實在是太可惡了。

明明只是個學生，強搶自己表弟的東西，砍斷了表弟的手不說，居然還敢打老師。這人太猖狂！

杜欣悅越想越氣，她一拍桌子，被纖纖細手接觸到的那塊千年楠木製作的桌面，瞬間就變成了燃燒的木材。

坐在主位的劉家老祖宗臉色微微一抽，有點心痛，那可是自己費了好一番工夫才弄來的桌子。但面對這個特殊的小輩，他卻不敢多說什麼。

杜欣悅背後是十大家的杜家，更不用說，她還是實力強大的聖女。發起飆來，自己都不一定打得過。

老祖宗連忙道：「我的乖外曾孫女，別急，那叫夜諾的小王八蛋以為欺負了我劉家的人，還能逃脫？哼，我已經派人在集訓營前守著，只要那夜諾一出來，咱們就將他逮回來。這件事咱們在理哪怕他背後站著十大家族之一，也要給我們個說法。」

劉家老祖宗是條千年的狐狸，他聽了劉強的話後就知道有貓膩。自己曾孫是什麼德行，他清楚得很。但夜諾做的事情，讓老祖宗有些忌憚。從自己收集來的資料看，這個只有E級初期的小傢伙，實在有些神秘。

他就怕夜諾是十大家族中秘密培養的直系弟子。

劉家雖然霸道猖狂，但也僅限在春城。出了春城，他們什麼都不是，這一點，小輩們或許看不清，可劉家老祖宗清楚得很。

「哼，這點小事還需要給什麼說法，就算那個混帳背後站著十大家族，殺了也就是殺了。」杜欣悅冷冷一笑：「我現在就去春城的集訓營一趟，把那個夜諾抓回劉家問罪。」

就在這時，一個下人跌跌撞撞的跑了出來，用惶恐的語氣道：「報告老祖宗。夜諾一整天都沒有出現在集訓營中，我們有探子回報，他或許已經離開學校了。」

怎麼可能！

大廳裡所有人都愕然不已。

老祖宗睜開半瞇的眼：「我不是派人在學校外二十四小時蹲守嗎？他離開了，怎麼沒人稟報？」

「老祖宗，據說夜諾不是從正門走的。」下人臉色發白。

「放屁！集訓營自始至終都只有一扇大門，他不從大門走，難不成還能從牆上飛出去？」劉強氣急，破口大罵。

所有人都哄堂大笑。

籠罩在集訓營上的鐵壁結界，就算是他們家老祖宗出手也難以攻破。夜諾有天大的本事，也不可能打破得了結界。

但下人接下來說的話，讓所有的笑聲都戛然而止。他硬著頭皮道：「聽咱們在集訓營的線人說，昨晚半夜，夜諾還真是從圍牆上跳出去的。」

「不可能。」杜欣悅猛地從原地消失，化為一線火色，瞬間出現在下人跟前，少女用力拽住下人的衣領：「你的意思是說，鐵壁結界被人破了？這麼大的事，怕是要將春城給掀破天，我不可能不知道。」

下人惶恐的說：「學校的鐵壁結界沒有破，那個夜諾不知道用什麼邪術，硬是穿過結界離開了。而且這件事就連李老師都默認了。」

「李老師？那個李夢瑤？」杜欣悅秀麗的雙眼一眨不眨的望著下人。這雙秀目秀色可餐，絕麗無比。可下人卻嚇得渾身發抖，完全不敢欣賞。

許久，火聖女才鬆開自己的手。下人落在地上，差點就嚇尿了。

李夢瑤杜欣悅認識，這個女人很實誠，而且劉家對她家有恩。她的話還是能相信的。但少女百思不得其解，她從沒聽說過這世上，有人能在不破壞鐵壁結界的情況下穿過它。

整件事都透著古怪，而古怪的中心，就是那個叫夜諾的傢伙。

這傢伙到底什麼來頭，十大家中，可沒有姓夜的啊！

「弟弟。那個夜諾實力如何？」杜欣悅冷靜了下來，她脾氣雖然火爆，但並不是沒有腦子。少女轉頭問劉強。

劉強給孫鵬使了個眼色。當初那個書生模樣，和夜諾交過手的保鏢走上前，對著火聖女微微的拱了拱手說道：「聖女，那個夜諾和我交過手。他有些古怪，明明是個E級初期……」

話說到這裡，孫鵬感覺自己就要窒息了。火聖女猛地抬頭，盯著他看，光只是眼神接觸，自己身體內的血液，就像是被點燃了似的。

那是火聖女的怒意。

「E級初期。哼哼，好你個孫鵬。你什麼實力？一個B級初期，居然連自己的少主也保護不了，還留你何用！」

杜欣悅妙目一掃孫鵬，孫鵬雙腳在打顫。自己怎麼說也是B級，雖然修煉的是野路子，可在這劉家也算是高手了。偏偏他有萬千脾氣，也不敢在火聖女面前發。

「聖女，那夜諾並不是普通的E級初期。他非常的邪門。我修為明明高於他，可在他手下，根本就走不了幾招。如果不是拚上性命僥倖逃出，或許我和少主，就都留下了。」孫鵬連忙道。

「確實是這樣。」劉強也開口道：「那個夜諾身旁還有一個小姑娘，大約十歲左右，長得精緻漂亮。她的實力頂多就F而已。但我這個堂堂正正的C級根本無法反抗，就被她給倒提著捉去了。」

「哦！」火聖女越聽越糊塗，弟弟口中所言，已經有些顛覆她對除穢師等級的認知。

老祖宗敲了敲桌子：「乖外曾孫女，前不久春城不是出了兩個妖孽嗎，以龍組有史以來最高的成績通過了人才評定賽。」

「難道，那個妖孽就是夜諾？」杜欣悅眉頭一皺，關於那件事，她確實有所耳聞。火聖女淡淡道：「不管他什麼底細，我親自會一會就是。哼！」

聽的越多，火聖女反而對夜諾產生了興趣。

因為夜諾太古怪了，他做的事情都非常的不可思議。要不是十大家中，沒有姓夜的，火聖女都快以為那個夜諾是某個大家族雪藏的家族繼承人了。

不！

從小就接受精英教育的杜欣悅清楚得很，就算是秘密培養的家族繼承人，就算是十大家，也不可能以E級低位的實力打傷B級的孫鵬。而劉明更是培訓員老師，比野路子出身的孫鵬強得多，卻也被夜諾活活震傷。

更可怕的是，夜諾甚至還詭異的穿過鐵壁結界來到學校之外。

這個夜諾，絕對是個怪物！

「馬上去調查，看那個夜諾究竟去了哪兒。」老祖宗吩咐下人。

不一會兒，調查就有了結果。又一個下人走進客廳稟報道：「老祖宗，查清楚了。

夜諾是跟史家的少主史艾遷一起走的。」

「史家？那個胖豬史家？」劉家老祖皺了皺眉頭：「夜諾是史家的人。」

「應該不是。聽學校裡的線人說，夜諾是史艾遷新結交的朋友。在學校中還大大咧咧的叫夜諾老大。」

「格老子，史家也墮落了。」劉家老祖揉了揉腦袋，他媽都是些什麼亂七八糟的？堂堂春城四大家之一的史家少主，居然認了一個比自己實力低微許多的人當老大。

下人繼續道：「我們派人調了春城的監視器，發現夜諾現在應該在去史家的路上。」

「好，我現在就帶人去史家興師問罪，把夜諾捉拿回來。」劉家老祖像是突然想到了啥好事，哈哈大笑著大手一拍，從主位上站了起來。

好機會真的是好機會。春城四大家位置，已經幾百年沒有挪動過了。這史家是四個家族中最弱小的。

其餘三家早就想吞掉史家了。那胖豬家族善於經營，可是富得流油啊。這一次找了個絕好的把柄，只要利用好了，史家還不被他們劉家手到擒來？一旦吞併史家，劉家的實力必然會得到極大的增強，到時候再吞掉另外兩家，呵呵……

同樣的想法，劉家第二代也想到了。大多數劉家人眼珠子發亮，燃起一股貪婪的火焰。

火聖女杜欣悅倒是沒想那麼多，她脾氣火爆，但由於生活環境的原因，性格依舊很單純。見老祖宗要帶隊，自然不肯。

「老祖宗，一個小小的史家還用不著您親自去。我帶著弟弟和一些劉家小輩去，一趟就可以了。定能將那個可惡的夜諾捉回來。」杜欣悅說。

劉家老祖宗雙眼中的野心火焰燃得更亮，大笑道：「好，好。那就麻煩我的乖外曾孫女你親自替我去了。」

火聖女的脾氣秉性，劉家人都清楚，一旦夜諾敢反抗。不要說整個史家，方圓十里都會被杜欣悅的聖火焚燒殆盡。

聖女出手，春城其他兩家，就算敢怒也不敢言。到時候他們劉家佔下史家的產業，將會更加的輕鬆。

杜欣悅風風火火的帶著劉強，以及一眾三代劉家子弟，浩浩蕩蕩，怒氣沖沖的往史家興師問罪。

整個春城都在騷動，明眼人都能看出一場血雨腥風在所難免。

而史家的會客廳裡，正出現奇蹟，至少所有的史家人都認為自己看到了奇蹟。

—06— 打屁股狂魔

夜諾大大咧咧的站在會客廳的正中央，這偌大的會客廳，匯集了上百人。其中史家幾十個被詛咒的小輩正舉著手機，按照夜諾的要求將手機螢幕正對著夜諾。

小輩們都在心裡犯嘀咕，這夜諾看起來實力低微，讓他們嚴重懷疑夜諾的能力。而且這傢伙狂妄得很，一開口就說要同時替幾十個人除穢。

這簡直就是在瞎胡鬧。

但他們的兄弟史艾遷拍著胸脯打包票說沒有問題，而且又有老祖宗坐鎮。所以小輩們雖然心有不安，但依然老老實實的聽從夜諾的吩咐。

夜諾迅速掃過所有被詛咒的手機螢幕。無一例外，被詛咒的人下載的都是同一款直播軟體，這款軟體叫做水晶直播。

而詛咒自動註冊的也全是生活類的直播間。

這真是怪了。詛咒為什麼會將傳播的條件，定位為生活類直播？難道，這款直播軟體本身就有什麼問題，才會被詛咒的孽利用？

孽，是除穢界的專有名詞。相當於因果定律中的果。世間萬物有因有果，而且兩者無法逆轉。

畢竟是先有詛咒背後隱藏的原因，才會導致詛咒被傳播這一結果。

可傳播詛咒的穢物，究竟想要達到什麼目的？這一點，夜諾現在只能夠肯定它和直播有關，甚至和這個直播平台有關。而至於為什麼偏偏瞄準的是生活區進行孽的傳播？這也是夜諾接下來將要調查的重點。

沒有無緣無故的因果，其中必有蹊蹺！

「等一下不管發生什麼，你們都絕對不能動。」夜諾對著史家被詛咒的年輕人說。

年輕人們用力點了點頭，他們很緊張，一方面是不相信夜諾，另一方面更是怕詛咒會被這個看起來不可靠的傢伙弄得更凶厲。

夜諾哪會管他們的複雜心思，他事情很多，只想快點搞定走人。他閉上眼睛，安安靜靜的站著，然後猛地睜開雙眼。

眼中一絲明亮閃動後，夜諾雙手不停，無數各式各樣的除穢法訣反手間，就被他捏了出來。除穢術同時激發後，帶著一往無前的氣勢，無止境的朝小輩們的手機攻去。

這些除穢術威力不大，但氣勢凌厲，嚇得史家一眾小輩們臉色發白。就連史家老祖宗都有點動容。

夜諾施展的除穢術都是些基本術法，可勝在什麼屬性都有。他施展的術法並不是毫無目的，老祖宗仔細辨認了一下，頓時呼吸都停滯了片刻。

這小夥子對除穢術的理解能力，簡直是妖孽的。夜諾似乎只看了一眼，就分析出史家小輩們每個人的實力，施加在他們身上的除穢術，也是針對性極強。

最可怕的是，夜諾不需要準備時間。

這簡直打破了除穢界的傳統。

老祖宗又驚又喜，自己不成器的乖孫兒這次交到的朋友，顯然真的大有來頭。他們史家真的高攀了。

說時遲那時快，被攻擊的幾十支手機上，同時騰起濃濃的黑霧。本來隱藏在手機上的黑色骷髏頭，紛紛醒來，睜開黑洞洞的雙眼，發出淒厲刺痛靈魂的吼叫，朝攻擊來源相反的方向衝出來。

它們分出一部分脫離了手機，一時間黑色戾氣鋪天蓋地，攪得整個會客廳無比邪惡。陰森的慘叫聲不斷從骷髏頭嘴裡發出，這聲音類似靈魂攻擊，就算是史家的第二代也痛得忍不住，想要捂起耳朵。

會客廳裡，骷髏頭的叫聲讓許多人都痛苦不堪，有實力低微的，甚至在地上痛得翻滾。而更恐怖的是，隨著骷髏頭的尖叫，整個會客廳都在抖動。彷彿有什麼東西，被這些尖叫聲召喚了過來。

會客廳的玻璃全部破碎，劈里啪啦的破裂聲，從四面八方傳遞回來。

幸好骷髏頭們的目標只有一個，那就是攻擊它們的夜諾。不然史家年輕子弟早就撐不住了！

瘴瘴黑霧中，無數尖叫的骷髏頭在空中滑過，飛翔著如同一顆顆巡弋飛彈，眼看就要擊中夜諾。

夜諾怡然不懼，立刻祭出了嘆息之壁。只聽一陣砰砰砰的響，猶如地面響起了落雨聲。無數靠近他的骷髏頭撞擊在嘆息之壁上，接著被反彈開。

骷髏頭們沒有痛覺，只有本能。它們在空中穩住身形，繼續攻擊。而夜諾也不停的反彈它們。

每反彈一次，骷髏頭身上帶著的邪氣就減弱一分。

詛咒正在緩緩的消失。讓史家束手無策的詛咒，真的在肉眼可見的消失！

史家上上下下頓時大喜。夜諾的手段讓所有人都開了眼界，看起來明明很弱小的他，對付起這棘手的詛咒卻極為輕鬆。

嘆息之壁可大可小，祭出後就散發出淡淡黃光。但這一層淡淡的光看似柔弱，卻沒有骷髏頭能衝破這層光的阻隔。

彷彿它堅不可摧。

詛咒在一點點的被耗盡，但會客廳的震動卻更加劇烈起來。所有人都恐懼的朝外望，明明能感覺得到有什麼東西，在冥冥中過來了，可他們卻什麼也看不到。

甚至就連實力修為最高的老祖宗，也看不到。

除了夜諾。

除穢師中流傳的開天光術法本就是殘缺的，而夜諾卻有真真正正的完整版。他雙眼白光閃動，眼中看到了驚人的一幕。

透過敞開的會客廳大門，只見本來晴朗的天空突然就暗下來。從這個城市的各個角落，無數黑煙騰起，遮天蓋日的朝這處所在匯集。

黑煙滾滾，裡邊全是骷髏腦袋，邪惡的氣息讓附近的溫度都降低了。這些骷髏頭普通除穢師雖然看不到，但卻能感覺到。

所以身處巨大詛咒匯集中心點的史家人，才會如此的惶恐心悸，總感覺要大難臨頭了。

「哼，終於來了！」就在史家的詛咒快要被耗盡的瞬間，幾乎因為劇烈震動快要塌掉的會客廳，陡然安靜下來。

夜諾冷哼一聲，輕輕抬頭。

只見這死寂的平靜裡，瀰漫在春城的無數詛咒，化為一顆巨大的骷髏頭。骷髏頭高十幾公尺，黑漆漆沒有眼珠子的眼眶中心，綴著一點猩紅。它就這麼懸浮在會客廳近在咫尺的位置，空洞的眼神，正好和夜諾的視線撞在一起。

強大的戾氣鋪天蓋地，朝夜諾席捲而來，但這些戾氣卻沒有傷害到夜諾絲毫。反而是被戾氣邊緣掃過的史家青年們險些崩潰。

僅僅只是無形的戾氣攻擊，就連準A級的史家老祖都動容不已。雖然他看不到那顆骷髏頭，可是骷髏頭上帶來的強大壓力，讓老祖宗呼吸困難。

「夜先生，你能看到？」老祖宗艱難的問。

「看得到，詛咒就是一顆沒肉的腦袋。」夜諾撇撇嘴，一眨不眨的盯著骷髏頭。

「骷髏頭？」老祖宗一陣毛骨悚然，夜諾說得倒是很輕鬆。可這所謂的沒肉骷髏頭的實力，絕對不簡單，自己是肯定搞不定的。那無形詛咒帶來的靈壓，絕對達到了蛇級，甚至是蛇級巔峰！

甚至看起來，踏空而來的還只是詛咒的其中一小部分而已，如果換作本體降臨，那真是史家的末日了。

巨大的骷髏頭輕輕動彈了下顎骨，它的力量還在不斷增大。不多時，就連會客廳都變得渺小起來。

它張大嘴巴，一口咬向會客廳。

「哼，別想得逞。」夜諾動如脫兔，整個人瞬間飛了出去：「嘆息之壁，張！」

他手臂上的嘆息之壁頓時迎風變大，活活將骷髏頭巨大的嘴巴卡住。骷髏頭像是吃到了噁心的東西，連忙將黃光吐了出來。

嘆息之壁的震退效果出類拔萃，在它嘔吐的一瞬間，將整整有七層樓高的骷髏頭硬生生震退。

骷髏頭巨大的身體在地上猛地退後，捲起的無形之風，讓大量的史家子弟人仰馬翻。史家弟子們臉色煞白，因為什麼都看不到，讓這場詭異的戰鬥更加令人恐懼。只見夜諾和空氣中某種可怕的無形怪物戰成一團，巨大的風暴不時席捲過來，空氣裡的穢氣不斷聚集，那強大的壓力，嚇得所有人都臉色煞白，話都不敢說一句。

他們只能躲，但又不知道該往哪裡躲。

「史家子弟聽命，全都躲到我後邊來。」史家老祖見許多自家子弟被殃及，連忙用朱砂畫了個圈，捏了個手訣。一道沖天光芒閃爍在白圈上，形成了一道穩穩當當的結界。

夜諾和骷髏頭的戰鬥已經白熱化。他無數次震退骷髏頭後，輕蔑的衝骷髏頭勾了勾中指。骷髏頭似有所感，張開大嘴，露出森白的牙槽，朝夜諾一咬而下。

巨大骷髏頭深深撞在嘆息之壁上，巨大的衝擊力讓夜諾的雙腿都陷入了花園的地板中。

「滾開。」夜諾用嘆息之壁將骷髏頭震開兩公尺。

骷髏頭被無數次震退後，詛咒已經弱小了許多，身形也變小了。後繼的詛咒之力並不是無窮無盡。只要給他足夠的時間，夜諾有信心可以將這詛咒活活折騰死，甚至將隱藏在詛咒背後的真正真兇引出來。

但顯然骷髏頭並不想給他時間。

巨大骷髏頭在空中停下，沒再傻傻的衝上來。它猛地一張嘴，從口中噴出一股黑煙。陰森刺骨，帶著強大的怨氣的黑煙所過之處，一切物質都變得怪異了。沾染了黑煙的地方，通通亮了起來。

那是螢幕，一個一個的手機螢幕。

無數手機螢幕閃爍著各式各樣的直播畫面，螢幕上的主播們，有的在划船、有的在釣魚，也有的正在探索冰川。

可是就在這一刻，所有主播都停止了直播，用直愣愣的眼睛看著螢幕外的夜諾。

他們在螢幕內尖叫著，伸手指著夜諾，本來正常的眼珠子突然就變得猩紅。主播們七竅流血，很快癱軟在地，生命不斷的流失。

詛咒，從主播的身體裡爆發出來，奪走了他們的生命，化為一股股洪流般的穢氣，從螢幕中衝出來，攻向夜諾。

這股力量絕對不是夜諾能夠阻擋的。

夜諾心臟猛跳了幾下，沒有再驅使嘆息之壁，反而拚命的在掌心畫府。眼看那駭人的死亡洪流就要擊中自己，他對準那股邪惡的力量一揚手：「定身咒。」

骷髏頭和那股死亡穢氣，全都像是停止了時間般，硬生生定在空氣中。

所有史家人都屏氣看著這眼花繚亂的戰鬥，沒人想像得到，看起來實力低微的夜諾，竟然強悍如斯。甚至有史家人在暗暗揣測如果夜諾對上自己家的老祖宗，怕是老祖宗也要頭痛。

而史家老祖宗更是又驚又喜。自家乖孫交的朋友恐怖如斯，而他現在才只是E級。等他到了D級C級，甚至B級，那實力又會多恐怖？這個夜諾究竟是吃什麼長大的？

幸好，他和我們是朋友。

老祖宗更堅定了要抱夜諾大腿的決心。

夜諾趁著骷髏頭中定身術的瞬間，雙腿跺地，整個人飛到空中。就在和骷髏頭近在咫尺的瞬間，他再次展開嘆息之壁，然後重重朝骷髏頭的雙眼刺去。

巨大骷髏頭本就油盡燈枯，猛地一下被擊中要害，雙眼上閃爍著紅光頓時被嘆息之壁刺瞎。它發出一聲慘號，眼中猩紅的光滅掉了。

一同滅掉的，還有附近被黑霧腐蝕後，幻化出來的無數塊閃亮的螢幕。

骷髏頭大嘴一吸，將螢幕中飛出的死亡氣息喝入口中後，轉身就想要逃。它怕了，是真的怕了。眼前這渺小的除穢師極為難纏，無往不利的骷髏頭佔不了任何便宜不說，再和夜諾糾纏下去，怕是會再也逃不掉。

「這詛咒居然有害怕這種情緒？」

夜諾看在眼中，心中冷笑，他哪會讓詛咒逃掉！

「定身咒！」又是一記定身咒甩出去，腳底開溜想要飛上天空的巨大骷髏頭再次被定住。

夜諾跳上去就用嘆息之壁不斷的削它，骷髏頭如果有意識，肯定哭得心都有了。這可恨的蟲子，看來是鐵了心不會讓自己離開。

但它明明知道夜諾的打算，卻無計可施。這原本讓無數人棘手、恐懼、絕望的詛咒，就這麼被夜諾削得越來越小，最終只剩下一個巴掌大。

「收！」夜諾晃了晃手，手腕上的翠玉珠中猛地射出一道綠光，拽著那迷你的骷髏頭，將這詛咒硬生生拽入珠子的空間內。

詛咒除盡的一瞬間，史家所有被詛咒的手機，都發生了妖異的怪異操作。不能關閉的直播間，自動關掉了，帳號也自動反安裝。甚至就連剛剛飄在空中的手機，也紛紛掉落在地，螢幕暗了下去。

困擾了史家許久的詛咒，終於煙消雲散。

「得、得救了！」眾多史家子弟看到這幕，渾身癱軟的坐倒在地，自從被詛咒後，他們很久沒有睡過好覺，沒有吃過一口正常的飯。只能日復一日，在手機前不斷的直播。他們的惶恐只有自己才清楚。

詛咒猶如達摩克利斯之劍，只要一停下，死亡就會降臨。這堪比酷刑的日子，只有經歷過的人才能體會。

史家老祖宗喜笑顏開，滿臉笑容的朝夜諾走過來：「不愧是我乖曾孫兒的朋友，謝謝夜先生出手，救了我們史家。」

「老大就是老大，真的太牛逼了！」史艾遷大呼小叫，激動得胖臉發紅。一直以來雖然嘴上不說，但死胖子為自己的家族帶來災厄這件事，讓他良心不安，就差以死謝罪了。

還好，這件事雖然讓史家蒙受損失，死了好些第三代的年輕子弟。可終究詛咒還是滅了。

這就好，這就好！否則再拖下去，被滅掉的就是整個史家。

聽到曾孫開口閉口叫夜諾老大，史家老祖宗和別的史家人完全不覺得有什麼奇怪的。說實話，他們自己都想不顧臉面求夜諾當老大了。

明眼人都看得出夜諾的前途不可斗量，有這樣的老大，還愁大腿不夠粗抱得不夠爽嗎？

消滅了籠罩在史家大宅的陰霾後，史家上下喜氣洋洋，準備為夜諾舉行一場盛大的晚宴。

可還沒等晚宴開始，一個下人急匆匆的撲上來，滿臉驚駭的喊道：「老祖宗，不好了，不好了。」

老祖宗一瞪眼，怒道：「沒大沒小的，沒看到咱們的貴客還在這兒嗎？有什麼不好的？」

看下人一臉見鬼的模樣，老祖宗心裡犯嘀咕，這傢伙到底看到了啥？難不成剛剛驅趕走的詛咒又回來了？

也不對啊，那詛咒不是連他也看不見嗎？

面對老祖宗的疑惑，下人接連道：「老祖宗，劉家的人來了。」

「劉家人？」老祖宗皺了皺眉頭：「他們來幹嘛？叫他們滾回去，我們史家現在要給貴客擺酒，沒空接待他們劉家。咦，混帳東西，他們劉家打你了？」

也難怪老祖宗奇怪，春城四大家雖然暗地裡都想吞併對方，但表面上還維持著最基本的和諧。而自己史家被詛咒的事，應該還沒傳出去，怎麼這劉家突然就不準備守規矩，跑他們史家鬧事來了？

不錯，肯定是鬧事。下人臉上還掛著一個紅色巴掌印，顯然是被誰搧了一耳光。下人一臉苦笑，捂著臉道：「劉家一臉興師問罪的樣子，要我們將夜諾老大交出去。」

得，就連他都跟眾人一起，明目張膽的叫夜諾老大了。也不看看這傢伙的老臉，他足足有四十多歲啊。

「混帳東西。」老祖宗氣得臉色發紫，夜諾是史家的恩人，這劉家什麼意思，怎麼敢叫他史家交人？真當他史家家道中落後，就沒人了？

他怒得直拍椅子扶手，一旁的史艾遷輕輕扯了扯老祖宗的衣袖，將夜諾和劉家少主結下恩怨的前因後果，悄悄的跟老祖宗說了一遍。

老祖宗更加憤怒了，大聲道：「他劉家好大的臉面，強搶夜先生的東西被教訓後，還有臉回來找場子？只要老頭子我還有一口氣，老子就要讓劉家人有去無回。」

「好大的口氣！」

話音剛落，只聽一道綿柔中略帶了剛強的女孩聲音從遠處傳來，接著就是一陣巨響。

只見屹立了數百年的史家大門，發出了劈里啪啦的燃燒聲，瞬間就轟然倒塌，露出了門外來人的臉。

一眾劉家人氣勢洶洶，在一位火一般的女孩帶領下，正緩步邁過化為灰燼的大門口。

「我倒是要看看，就憑你史家，怎麼讓我有去無回。」少女微微抬手，只見一點火星從指間彈出，飛入空中後化為點點火色飛舞，散落在庭院前。只要挨著火點的地方，就會熊熊燃燒。那一點點的火光逼人，氣勢不減，化為巨大的威壓。所過之處，所有史家人都臉色發白，被女子身上含而不發的氣勢逼得站不穩腳。

女子帶著劉家人，慢慢走進會客廳內。她身後，史家苦心經營了幾百年的前庭花園，已化為一片水潑不熄的火海，映照得連黃昏都變成了致命的橘紅色。

看到這女子的瞬間，就連老祖宗臉色都大變。

糟糕，大事不好了。這女人的來歷可不簡單，史家這次怕是真有滅族的危機了。

老祖宗臉上陰晴不定，他死死盯著劉家來的女子，一個名字猛地從嘴中吐出來：

「原來是火聖女！」

「不知火聖女大駕光臨咱們史家，還替咱們史家將用不著的花花草草都燒個乾淨。這是個什麼說法？」老祖宗雖然背後發涼，但說出來的話，仍舊沒有露一絲怯。國有國法家有家規，哪怕是眼前的火聖女，也不能隨意脫離龍組的法規體系。

會客廳的空氣凝固如死，帶著炙熱的火光。所有人的視線都凝結在一個人身上，那就是被老祖宗稱為火聖女的女子。

所有人裡或許只有夜諾最輕鬆，他饒有興致的看著眼前的女孩。這女孩很漂亮，傾國傾城的漂亮。她渾身縈繞的火光，更是將本就窈窕的身材襯托得更加完美。

尋常人看到火聖女的美貌，定然會心臟猛跳，完全忽略這名女子的危險和狂暴程度。

是的，這個女人很危險。

至少對除了夜諾外的人，都很危險。

史家人的目光全都落在了會客廳的大門口，這扇大門也被炙熱的火焰焚燒殆盡。火聖女冷冷走進來，身姿優雅。

少女大約十九歲，柳眉，鵝蛋臉，英姿颯爽。哪怕是冰天雪地的春城，她依舊穿著單薄的夏裙。裙子很短，修長筆挺的雙腿誘人的露在空氣裡。她雙腿的皮膚光澤，彷彿蒙著一層火焰。盈盈一握的腰肢，顯得胸前的兩團碩大更加雄偉。

火聖女瀑布般的披肩長髮隨意紮成馬尾，她的髮明明是黑色，卻也泛著火光，彷彿每一根都蘊含著極高的溫度。

少女面無表情，不威自怒。她淡淡的目光緩緩在眾人臉上掃過。每一個被她看到的史家人，都在這驚為天人的女子眼神中，不由得縮了縮脖子，低下了腦袋。

心底泛起無力感和恐懼，甚至這種恐懼，比面對不久前的詛咒更甚。

這不明覺厲的少女，顯然非常生氣。

火聖女看也沒看史家老祖宗，只是輕聲道：「弟弟，哪個是夜諾？」

少女的聲音真的很輕，可卻響徹整個會客廳。她的聲音真的很好聽，但卻帶著凌厲的殺意。

「就是他。」劉強從火聖女背後竄了出來，用怨毒的眼神指著會客廳貴客位上的夜諾：「就是這混帳欺人太甚，無端砍斷我的手。他醜惡的嘴臉，我化成灰都認得。」

會客廳中的史艾遷一聽這話就氣不打一處來，劉強太可惡了，簡直是惡人先告狀。他想要破口大罵，卻驚恐的發現，在火聖女威壓的籠罩下，自己竟然一丁點聲音都發不出來。

劉強顯然發現史艾遷在怒視自己，轉過臉，陰冷的朝著他笑著，用手比成槍，對著他無聲的「啪」了一下。看口型意思很明顯就是，解決了夜諾後，就輪到他們史家了。

史家，一個都跑不了。

「好個火聖女，你什麼身分，竟然用威壓扼住一眾小輩，也不怕別人笑話。」史家老祖冷笑一聲，眼看自家小輩快要撐不住了，連忙揚手。一股強大的氣息爆起，隱隱抵消了火聖女那炙熱的威壓。

史家小輩死裡逃生，臉色煞白的紛紛喘著粗氣。看向火聖女的眼神也充滿了驚恐，這女人明明那麼漂亮，怎麼就這麼蠻不講理，一來就彷彿要滅了史家。

欺人太甚了。

「你就是夜諾？」火聖女黑漆漆的雙眸落在夜諾身上：「跟我回劉家，等我劉家的處置。」

夜諾還沒反應，史家老祖已經身形一搖，擋在夜諾跟前：「夜先生是我史家的貴客，要想帶走他，就先從我屍體上踩過去。」

「不過是小小的準A級，竟敢口出狂言。」火聖女冷冷道。她做事有原則，史家老祖宗在春城的實力不俗，但也僅僅只在春城這個小地方而已。

她想要殺他，易如反掌。

不過這一次，自己是來抓這個猖狂的夜諾的。

「走開。」火聖女輕輕一揮手，一陣燃燒的狂風驟然颳起，這股炙熱就連史家老祖都不敢強行擋住。

「夜先生，你快逃。我來擋住這個瘋女人！」史家老祖厲喝道：「史家兒郎們，結陣。莫讓劉家人小看了我們史家。就算是死，也要死得像個人。」

「遵命！」史家所有人都面露決然，顯然有拚死一戰的決心。

火聖女又是一陣冷笑，這些小城市的青年們沒見過世面。如此低微的實力，就算是一窩蜂上來，也不過是螳臂當車罷了。

「老大，快逃！」史艾遷掏出一把劍，史家的劍很奇特，居然是用一枚枚天圓地方的銅錢拼接而成。

可作為漩渦中心的夜諾依舊不慌不忙，更沒有逃的意思。他感受著周圍不斷攀高的，從火聖女身上溢出的溫度。

這些溫度全是特殊的除穢氣，普通人一碰就能致命。

「你就是火聖女！」夜諾緩緩的開口問道，他直視她的雙眼。

火聖女怒了：「我的名號也是你這卑微的混蛋能叫的？」

「有意思，有骨氣，希望等一下你還能這麼有骨氣。」夜諾嘴角流露出笑意。

這位火聖女確實是貨真價實的聖女。絕美少女的小臉滿是憤怒，渾身洋溢著桀驁不馴。可她的身體倒是挺誠實的，全身的火系除穢術有如攀親戚似的不斷朝夜諾的身體裡鑽，那些能量就像回家了一般，歡唱著、雀躍著，和夜諾自身的能量融為一體。

這令剛剛才大戰一場的夜諾，精神大振。不過這一切，顯然憤怒的火聖女並不知道，不然這位天生自傲的少女，肯定會氣破肚子。

「你叫什麼名字？」夜諾問。

火聖女怒瞪他，這個弱小的蟲子，自己隨手就能捏死的蟲子，竟然絲毫不懼怕自己，而且還大大咧咧的詢問自己的閨名？到底是誰借他的膽子，梁靜茹嗎？

「就憑你也想知道我的名字！」火聖女直想一把火燒死這討人厭的傢伙。

「你叫什麼名字？」夜諾又問了一次。這一次，他的口吻中帶著不容辯駁的命令。

火聖女彷彿被豬油蒙了心，將自己的名字脫口而出：「杜欣悅，我叫杜欣悅。」

她說得恭恭敬敬，那尊敬的語氣連她自己都害怕。甚至還莫名其妙的把名字重複了兩次。

說出自己的名字後，火聖女極為驚訝的用力捂住了自己的小嘴。該死！怎麼自己真的將名字告訴了這隻弱小的蟲子？

不太對，這蟲子太邪門了。難道會什麼妖術不成？

聖女有些懵。

「杜欣悅？嗯，好名字。」夜諾摸著下巴，對火聖女淡淡的道：「事情的前因後果我不知道那個劉強是怎麼跟你說的？我也懶得解釋。你自己回頭問清楚。我最近有事情沒時間去劉家，等我手上的事情忙完了，自然會去劉家走一趟，討個說法。」

夜諾平淡的語氣中，全是濃濃的囂張。

火聖女被他弄得愣了半天，之後氣得鼻子都歪了。這人腦袋有問題啊，他還真以為自己能從她手裡逃掉？

不，這傢伙，不像是想逃！但他憑什麼？難不成有什麼後招，不然為什麼竟然面不改色，完全不懼怕自己？

火聖女從來沒有遇到過，這麼怪的人，這麼怪的情況。

少女的眼中劃過一絲疑惑，她仔仔細細的打量了夜諾一番。這口出狂言的男子，長相略順眼，但實力明明慘不忍睹。

果然是虛張聲勢嗎？

「我給你兩個選擇，一是死在這兒，二就是跟我回劉家。」火聖女什麼身分，她覺得自己給夜諾的兩個選擇，非常公平。

雖然少女在心裡一直犯嘀咕，感覺也怪怪的。她表面的憤怒，根本無法掩蓋一個事實。那就是自己彷彿對眼前的男子生不了氣，她甚至越看這個叫夜諾的蟲子越順眼。

火聖女真有些崩潰，莫不是自己中了某種邪術？

偏偏夜諾很可惡，他也伸出手指，在杜欣悅的眼前晃了晃，不緊不慢的道：「我也給你兩個選擇。一就是帶著你劉家的狗腿子，現在就滾。二，等我待會兒逮住你，哼哼，你肯定會後悔的。」

「你逮住我。」火聖女少有的笑起來，她彷彿聽到天大的笑話。夜諾只有E級初期，竟然妄想要逮住自己？他憑什麼？

不光她在笑，就連劉家人也笑起來。

07

生活區直播間的詛咒

「休要再逞口舌之快，跟我回劉家！」火聖女不耐煩了，她平時話不多，今天算是把一個禮拜的分量都說光了。礙於身分，她並沒有親自出手，而是小手一招。

頓時劉家幾位C級除穢師就朝夜諾撲去。

緊張的握著除穢劍的史家二代正想出手，夜諾衝他們輕輕擺手道：「這是我跟劉家的恩怨，你們不需要插手。這些跳樑小丑還不看在我眼裡。」

史家人極為佩服。不愧是夜老大，他一個E級正面面對五個C級，竟然雲淡風輕，這份鎮定實在是太令人佩服了。

劉家除穢師被夜諾的話觸怒，紛紛拿出看家的本領攻擊，各色除穢術當頭壓下，眼看就要將夜諾轟成重傷。夜諾渾然無懼，只抬手在空中輕點幾下。

「破穢術！」隨著破穢術使出，劉家除穢師驚訝的發現，自己的拿手本領竟然在夜諾手指微點中化為雲淡風輕，全部被破解。

這怎麼可能！

劉家除穢師傻呆呆的，嚇得不輕。正準備發動第二次攻擊的瞬間，夜諾手一揚：

「定身咒！」

劉家除穢師們在空中被定住身形，動也不能動彈。夜諾手速極快，迅速又在空中連點了五下。

這五個C級除穢師頓時口吐鮮血，癱軟在地，顯然已經受了重傷。

「這到底是什麼妖術！」火聖女瞪大了眼。先不用說百發百中的定身咒，就是那破除穢術的術法，究竟是什麼鬼？哪怕在老師身上，她也從未看到過如此神奇的除穢術。

揚手止住劉家其他的除穢師，火聖女決定速戰速決。

少女半閉上絕美的雙眸，探出一根手指，對準夜諾輕輕一點。一團彷彿從地獄深處爬出來的火團，迅速在少女的指尖凝結出黑色的燃燒。

女孩彈彈手指，黑色火團就變成一點輕飄飄的火焰，朝夜諾飛了過來。

識貨的史家老祖宗面露驚駭，狂叫道：「夜先生快躲開。這是傳說中，只有火聖女才能施展的逆火，可以燒盡萬物，切不可讓逆火碰到。」

說著，他就想要替夜諾擋下逆火的攻擊。

逆火很漂亮，隱藏在黑色火焰中的致命危險，哪怕是A級除穢師也會被活活焚燒殆盡。說時遲那時快，轉瞬間就已經近在咫尺，眼看史家老祖就要被逆火沾上。史家老祖瞪大眼睛，他知道自己被逆火沾身，將會發生什麼，但他卻義無反顧。

夜諾有點小感動，他一個閃身，衝到了史家老祖前邊，他只是伸出手，輕輕的抓住了讓所有人都顫駭不已的逆火。

在史家的驚恐聲，以及劉家的狂喜中，夜諾面不改色。

「傻瓜！」火聖女驚呼出聲來，在夜諾碰到逆火的剎那，少女感覺靈魂猛地痛了一下。她下意識的就想要將逆火術法撤掉。

潛意識裡，她沒想要真傷害夜諾。就是想要嚇唬嚇唬這狂妄的傢伙，可哪承想夜諾這個囂張的土包子沒見識，連逆火是什麼都不知道。

這可是沾上，就會沒命的超高溫火焰，更不用說夜諾直接用手去抓了。逆火入掌，就迅速焚乾他身體內的所有血液，救無可救！

「這個白痴！」火聖女輕罵一聲，絕色倩影頓時化為一條火線，朝夜諾飛撲過去。她想要去救他，哪怕她自己都覺得很矛盾。

可衝到半路上，離譜的一幕出現了。本應該被逆火燒成灰的夜諾，竟然一絲一毫不適感都沒有。他嘴角依舊含著欠揍的笑，那一小團黑色逆火，在這可惡的傢伙手心裡彷彿在歡唱跳躍。

就像小馬回到了草原，小鳥回到了家。

火聖女難以置信的揉了揉眼睛，她真的要被夜諾的離譜弄瘋了。

不光是她瘋了，就連史家和劉家人都瘋了。

「夜老大威武，火聖女的逆火也不過如此嘛。」史家議論紛紛，除穢界聞之變色的逆火，在夜老大手心裡看起來人畜無害。果然有些東西，就是以訛傳訛。怕是火聖女，也沒啥了不起的。

「你為什麼不怕逆火？」火聖女朱唇輕咬，極為不解。

「逆火？你是說這團小火苗？」夜諾反手一拍，就像拍掉身上微不足道的灰塵一樣，將逆火拍散：「這火挺暖和的，再給我來一團，我手冷了正好可以當暖暖包。」

「囂張。」火聖女怒急。

她的一雙秀目使勁瞪夜諾。

少女覺得自己的人生觀和常識，正在崩潰。這看起來隨手就能捏死的夜諾，彷彿就是她的剋星，除穢界的所有常識在他面前，似乎都不管用了。

「接我這一招。」

少女認真起來，向著冥冥虛空禱告：「祈求吾神，賜我光明，點燃虛空，破開黑暗。傾瀉而下的天火，乃是降臨於世人的最後審判，我眼所過之處，乃是燃盡一切的焚煙。」

「神術，焚天！」

少女絕對沒有想過自己有朝一日，居然會將神術用在E級除穢師身上。

陡然間，令所有人都難以承受的極高溫度開始蔓延，劉家人和史家人都紛紛撐不住，朝會客廳外跑出去。

火聖女彷彿變成了火焰的精靈，炙熱的火焰將她整個人包裹。她黑色的瞳孔中一團神秘的符文隱隱浮現。

眼神所過之處，竟全然是點燃五界，撲不滅的白色火光。而火焰的目標只有一個，那就是夜諾。

此刻，少女萬萬沒有想到，在她禱告的同一時間，夜諾的腦子裡也傳來了博物館的提示音：「您的僕人正在祈禱您賜予力量，請問是否同意？」

夜諾嘴角露出一絲惡搞的笑，臥槽，當然是不同意。

於是火聖女懵了，所有人都懵了。

只見氣勢高漲的火聖女，化身焚天之火準備燃盡一切，正想狠狠將眼前這個可惡的夜諾教訓一頓。但轉眼間，她身上的所有火焰就被剝離，逃也似的消失得乾乾淨淨。

杜欣悅眨巴了好幾下眼睛，站在原地一動也不動。她有點搞不清楚狀況。咦，這啥情況？自己使用的神術，本應該是百分之百成功的才對。向神明大人祈禱施展這類的小神術，本應該只是走個過場。

絕沒有失敗的可能。

但現在神術卻失敗了。

咦？咦咦咦！神明大人拒絕自己使用神術，這！這這這！簡直是火聖女歷史上的頭一次，恐怕就連師父也從未遇到過，甚至從未聽說過！

就在火聖女發懵時，夜諾嘿嘿笑著走上前，一把將眼睛無神的杜欣悅拉進懷裡。杜欣悅穿著清涼的薄T恤，超短的牛仔短裙包裹著緊翹的臀部。被這個無良的傢伙猛地抱住，少女窈窕的輪廓就緊緊貼在了夜諾的身體上。

火聖女驚呼一聲：「壞人你要幹什麼，放開我。」

她想破腦袋也沒想到，自己還沒有懲罰這可恨的傢伙，身體反而被人家牢牢抱住了。聖女這輩子哪裡接觸過異性，她被人抱在懷中，胸前的雄偉用力壓在夜諾的心口。聖女的小心臟怦怦跳個不停，她努力轉過腦袋，滿嘴馨香的吐息正好吐在夜諾的下巴上。

這感覺其實火聖女並不討厭，甚至還有一種想要一直一直待在這溫暖胸口的羞恥感。

「放開聖女。」劉家人看到杜欣悅被逮住，大吃一驚，紛紛怒喝。而史家人叫好的同時，默默結陣，阻擋想要湧上前來的劉家人。

接下來的一幕，超出了所有人的意料。

火聖女的身材極好，夜諾能感覺到兩人接觸處，她那暖暖綿綿的觸感和富有彈性的皮膚。不過鋼鐵直男不懂風情是標配，辣手摧花是本能。

杜欣悅用一對小手想要推開他，卻軟軟的沒有力氣。在少女的滿臉羞紅中，夜諾一挺腰，一用力，在眾目睽睽下，雙手抓住火聖女的細腰，將她整個人抬起來，放在了膝蓋上。火聖女臀部高高抬起，胸口壓著夜諾的雙膝，露出羞恥的姿勢。

「你、你想幹什麼，不要亂來。」火聖女預感到了什麼，尖叫道，哪裡還有啥英姿颯爽的模樣：「我可是十大家的杜家聖女，你如果敢碰我，我們杜家……」

氣勢咄咄逼人的火聖女，此刻不過是個失去了武裝的嬌羞小丫頭而已，就連威脅都是柔柔弱弱，上氣不接下氣。

只聽「啪」的一聲。

夜諾壞笑著，一巴掌用力拍在了火聖女挺翹精緻的屁股上，嗯，手感很好，很有彈性。

「嗚嗚！」

剛才還氣勢囂張的火聖女嚶嚶一聲，少女努力將頭向上抬起，怒瞪夜諾：「你竟敢打我！」

夜諾沒理她，只是淡淡道：「這一下，打的是你助紂為虐。」

啪。

說完又是一掌打下去，手掌心頓時傳來緊緻綿軟的觸感，這觸感很讓人上癮。

「嗚嗚！」火聖女的臀部彈了幾下，她緊抓著小手。

夜諾道：「這一下，打的是你不分青紅皂白。」

啪。

接著，第三掌也打下去：「這一下，打的是你囂張跋扈，驕橫不知錯。你那表弟啥德行，難不成你就沒有一丁點逼數？仗著自己有點本事，沒搞清楚事情的前因後果，就來惡人先告狀。也就是我有點本事，換了沒本事的，早死在你們劉家手裡了。」

「你！」火聖女從小就是天之驕子，長輩們含在口裡怕化了，捧在掌心裡怕摔了。哪受過這種氣？何況還是以最羞辱的方式在眾目睽睽下被一個陌生男子打屁股。

偏偏自己還無法反抗。

這份恥辱感令杜欣悅火冒三丈。聖女的怒火聚集在美麗的雙瞳中，每當快要爆發時，夜諾上去就是一掌，打在她高高翹起的臀部上，將少女眼中的怒意全部打散。

這個混帳打屁股狂魔！

火聖女咬緊牙關，夜諾其實罵得沒錯，自己當然有懷疑過。可自己表弟的手確實也被夜諾砍斷了，這份仇怨不是假的，所以才會帶人前來要說法。人家明明就沒有想殺夜諾，只是想要也砍了他的手，給他個教訓而已。

自己錯了嗎？

「還不服氣？」夜諾看著火聖女倔強的眼神，就像打上癮似的。這傢伙不帶髒字的連續訴說了她好幾條罪狀，每說一條，就打一下屁股。打到後面，火聖女都麻木了。

夜諾打得不輕不重，以火聖女的體質和撫摸差不多。但屈辱感最終讓少女的雙眼，漸漸蒙上了一層朦朧的水氣。

趾高氣揚、天之嬌女的火聖女，竟然默默哭了起來。

無聲的哭泣讓夜諾沉默了一下，沒有再繼續打下去。眼前這比自己小一歲的女孩漂亮的臉頰上爬滿淚水，他略有點尷尬。

自己是不是打得有點過，看，都把人家女孩子都弄哭了。要被小媽知道，肯定會被扒皮。

偌大的會客廳一片死寂，劉家人和史家人全都靜悄悄的，沒人敢開腔。他們臉上帶著恍惚，彷彿自己在作夢。

因為剛剛發生的一切實在太魔幻，太詭異了。

就算普通A級除穢師也能隨手擊敗的火聖女，竟然在這個叫夜諾的E級除穢師面前毫無還手之力。這個還是其次，最重要的是……

臥槽！居然真有人敢打火聖女的屁股，而且還將火聖女打得沒脾氣了。

這可是驚天動地的大八卦。杜家在唐國西南地區，就是天。作為龍組十大除穢師家族寄予厚望的火聖女，就代表著杜家的臉面。

喂喂，杜家的兄弟們，你們知不知道，你們家的臉面現在正翹著屁股趴在一個男生腿上哭咧。

所有人都大眼瞪小眼。

夜諾摳了摳腦袋，將火聖女放開。但杜欣悅彷彿失去了所有的力氣，她不但沒有掙脫，還一直賴在夜諾的大腿上。梨花雨般的眼淚珠子不停的流，最後乾脆哭鼻子哭出了聲音，停都停不住。

火聖女委屈極了，哭得眼睛發紅，還用那雙發紅到楚楚可憐的眉目，可憐巴巴的盯著夜諾。

夜諾這鋼鐵直男這輩子沒遇到過這種陣仗。他尷尬得不知道該咋辦，嘆了口氣，又向火聖女伸出手掌。

少女充滿水氣的雙眼中猛地一抖，連嬌挺的臀部都搖晃了一下。嗚嗚，打屁股狂魔又要打她屁股了。

不開心，人家不開心。人家是一朵愁眉苦臉的小烏雲。

此刻的火聖女，什麼天生驕傲，什麼天之驕女，什麼神的寵兒。她現在只覺得自己啥都不是，就是一朵小烏雲，愁眉苦臉下著雨。

一雙長滿老繭的大手，出乎意料的從火聖女挺翹的臀部上掠過，來到了火聖女的頭頂，最終緩緩落下。

在少女的驚恐中，大手覆蓋在她的小腦袋上，撫摸了一下。夜諾撫摸的手法很生疏，姿勢就像在摸自己家的寵物貓。

史艾遷目瞪口呆，默默吐槽。老大就是牛逼，不光壓住了火聖女囂張的氣焰。甚至現在乾脆都把人家火聖女當寵物了。

正當所有人都以為火聖女會火冒三丈時，結果卻令人跌破眼鏡。火聖女那絕美、佈滿霧氣的眸子，舒服的半瞇起來。

眼神迷離恍惚。

火聖女的黑色長髮滑順柔軟，讓夜諾愛不釋手撫摸了好一陣子，這才道：「不哭了。」

「嗯。」

杜欣悅就真的不哭了。她很矛盾，這傢伙絕對是自己的剋星，咋個自己的身體，就那麼聽他的話呢？

火聖女恨自己，恨自己太不中用。這個打屁股狂魔當眾羞辱自己，本來殺了他都應該，可為什麼他摸著自己頭髮時，自己卻那麼的捨不得，就像自己回到了本應該回到的地方！

那是靈魂的歸處。

甚至當夜諾的大手離開自己髮絲的瞬間，一股濃濃的失落感，充斥滿少女的全身。杜欣悅恨得牙癢癢的，這打屁股狂魔絕對給自己施了妖法。

「起來吧，去問清楚你表弟。我為什麼要砍斷他的手？」夜諾在火聖女的臀部上一拍，輕聲道。畢竟是自己的十二僕從之一，再讓她丟臉，這個臉皮薄的杜欣悅還怎麼下台。

火聖女渾身一抖，聽話的站了起來。她看也沒敢看夜諾，全身化為一條火線，以極快的速度飛了出去。會客廳外的劉強早就發現情況不對，他正準備開溜。

但自家表姊更快，只看到一線火光閃過，一道倩影已經截斷了他的去路。

「表姊。」劉強乾笑了幾聲。

火聖女怒意呼之欲出，她一直背對夜諾，這女孩的心已經亂了。心想自己絕對得了斯德哥爾摩症候群，剛剛被打屁股有多麼羞辱，現在離開夜諾身旁就有多麼的捨不得。

特麼自己絕對有病。

她對自己的不爭氣有多麼憤怒，現在對自己打小疼愛的表弟，就有多氣惱：「說，這件事究竟是怎麼回事？別想撒謊！」

「我來解釋，我來解釋。」眼瞅著有機會了，死胖子立刻竄出來，舉著手機高呼：「我把那天發生的事情，全都拍下來了。來，大家評評理，看你們劉家人到底有多蠻橫。」

看完手機上的錄影，火聖女氣得臉色一陣青一陣白，險些爆了。真是丟臉丟到了姥姥家，自己表弟強搶夜諾的東西不成，還忽悠自己來報仇。自己被人打屁股，也是活該倒楣。

看著表姊冷冷的眼神，劉強撲通一聲跪倒在地上。他深知自己表姊的性格。表姊雖然實力高強，但其實有點天然呆，傻乎乎的很好騙。

以表姊的性格，當初的謊話被戳穿後，自己恐怕會吃不了兜著走。但劉強又抱著僥倖的心態，表姊最疼自己了，或許最後也就不輕不重的懲罰自己一番，不會將自己怎麼樣。

「我被你騙得好慘。」火聖女咬牙切齒的道。

「表姊，雖然我有錯在先。但夜諾那混帳砍了我的手啊。」劉強辯解道。不對，他看表姊的神色，越看越怕。表姊這副表情，他還是第一次見。

一股不祥的預感充斥全身。

「你的手該砍，剩下的一隻手也拿來賠罪吧。劉家人做事光明磊落，敢作敢當。」杜欣悅冷哼一聲，只見一道火光劃過，劉強剩下的那隻手臂高高飛起，一絲殘血灑遍地板。

劉強慘叫著，痛得在地上打滾。

火聖女淡淡道：「夜諾先生，我替我的表弟給你賠罪。這件事確實是他做得不地道，但你羞辱我的恨，不會就這麼了了。你對我的羞辱，今後再算。」

說完火聖女頭也不敢回，抓著雙手都沒了的劉強，帶著劉家一眾人落荒而逃。眨眼間就跑了個乾乾淨淨、俐俐落落。

直到現在史家人都很恍惚，本以為的滅族危機，在夜諾雲淡風輕中就這麼過去了。氣勢洶洶而來的火聖女，被打了一頓屁股後，還留下劉家下一代繼承人的手當作賠罪。

同樣是除穢師，人家夜諾老大怎麼就這麼出類拔萃，卓爾不群？

果然牛人，在哪裡都很牛啊。

史家人看向夜諾的眼神中，只剩下一種感情色彩，那便是徹底的佩服。

史家的晚宴終於繼續，吃飽喝足的夜諾抹乾淨滿嘴油，在史家各種自認為漂亮，實則至少一百公斤上下的迷妹追求中，落荒而逃。

在夜色裡他回到了春城。

夜諾特意將史家被詛咒的手機拿了十多支回來，想要瞅瞅這些被詛咒的手機中有沒有殘留線索。

但他折騰了一晚上，從硬體到軟體全都調查了一番，最後啥都沒找到。隱藏在詛咒背後的謎，藏得異常的深。在詛咒被驅散後，所有的線索都被毀掉了。

散播詛咒的穢物，絕對是個小心翼翼的混帳。

夜諾的調查，又陷入了困境中。他猶豫了片刻後，掏出自己的手機。這支手機是為了方便和伏羲水鏡聯絡，才特意買的二手機。下載個直播軟體用用，應該還行。

就現在眼下得到的線索來看，所有被詛咒的人都是使用同一款直播軟體。名字叫做水晶直播。這款軟體並不是主流直播軟體，使用人數也不多，累計下載量也不過幾千萬次罷了。

但水晶直播的分成協議很誘人，平台百分之三十，主播百分之七十。直接的讓利，令很多飽受平台壓榨的主播趨之若鶩。

可這個直播平台現在卻成了散播詛咒的溫床。穢物為什麼會選擇這一款直播軟體呢？

夜諾至今都百思不得其解。

按理說穢物的目的如果是散播詛咒的話，選擇手快直播這種排行第一，累積下載量數十億，平台觀眾人數超過五億的大平台，才是最佳的選項。

還是說，水晶直播中隱藏著某種秘密？而詛咒只有依靠這個平台，才能散播出去？

夜諾皺了皺眉頭，下載完水晶直播後，他點擊註冊，終於進入了直播軟體的主介面。水晶直播的介面和其他軟體並沒有什麼不同，滿螢幕都是人氣值最高的十幾位主播的頭像和簡介。

將螢幕輕輕往下滑，夜諾來到了生活區。既然被詛咒的人會被這怪異的詛咒，直接註冊成生活區的主播。那麼詛咒的因果應該也在生活區。

這很符合邏輯。

夜諾一目十行，在生活區中不斷搜索著奇怪的地方，突然，他眼神一動，將視線凝固在一位叫做「騎著單車去旅行」的小主播上。

進入這位主播的直播間後，夜諾臉色大變。

透過直播間的螢幕，一股濃濃的陰霾黑氣如同化不開的戾氣，緊緊纏繞在主播身上。

這主播怕是已經被詛咒到病入膏肓了！

網路時代有網路時代的好處，因為它能讓你通過小小的螢幕將所有人連接在一起。

網路時代也有網路時代的壞處。因為你根本不知道，你手中那個小小螢幕上正在直播的直播主，究竟是人，還是妖魔鬼怪！

這就是網路時代的魅力，也是網路時代的恐怖。

就例如吳超，他覺得他病了，世界也病了。只不過不同的是，他還有藥吃。

吳超是一個普通的打工人，他教育程度不高。高中都沒有畢業的他因為家境的緣故，早早輟學進入社會，賺錢養家糊口。

到他三十歲那年，病魔纏身的父母撒手人寰，雙雙離開人世。

吳超回頭一看，這才驚然發現，三十多歲的自己依舊獨自一人。除了父母外，沒正經的工作，沒有妻子，沒有兒女。而自己的小夥伴們，有的大學畢業後去了心儀的公司，坐到了中階層，兒子女兒也都好幾歲了。

自己就是個徹頭徹尾的失敗者。

而現在父母走了，剩下他孤零零的一個人還活著，無牽無掛。這偌大的世界，明明熱鬧非凡、精采紛呈，他卻總感覺冷。寂寞是刺骨的寒冬，孤獨彷彿能吞沒了一切。

吳超想要吃藥，那種吃下去後，就能改變人生的藥。

或許當個網路主播，就是他的藥。

父母走後的第十三天，吳超從工地辭職。拿這麼多年來存下的微薄積蓄，買了一輛二手單車，買了一支還算過得去的手機用來直播。

剩下的錢不多了，僅僅夠買便宜的帳篷和品量低劣的露營裝備。最後的五百塊，他買了便攜太陽能板和四個大容量的充電電池。

至於明天的飯在哪裡？他覺得無所謂，自己孑然一身，走到哪兒就住哪兒。地上多的是野菜，餓不死人。

既然自己原本就什麼都沒有，那又有什麼好害怕失去的呢？

吳超自己前三十年的人生在為父母而活，現在父母在自己的照顧下駕鶴西歸，那麼就索性任性一次，為自己活一次。

唐國這麼大，接近一千萬平方公里。他準備靠著這輛二手單車，將這美好的世界用肉眼看個遍。

出發之前，吳超生疏的在水晶直播上註冊。直播間先是取了個名字叫「不帶一分錢，走遍全國」。想了想覺得有點賣慘，又刪了。最後決定叫「騎著單車去旅行」。

這很符合他的心情。

新開通的直播間裡，一個人也沒有。但哪怕只有系統的祝福彈幕，他也滿心歡喜。

吳超將手機固定在二手直播架上，帶著鍋碗瓢盆，找了一個喜歡的早晨出發了。

那是秋天，梧桐葉正黃，一陣風吹過，無數的梧桐樹葉就像一隻隻小小的手從空中飄落，彷彿在送他離去。

吳超騎著單車，緩慢的從樹葉上輾過。一陣風將地上的樹葉吹起，地上飛起的樹葉和空中落下的樹葉混在一起，美得他不願意眨眼。

這人間的美好，他很久不曾見到了。

吳超個性木訥，常年在工地搬磚再加上伺候病重的父母，不要說跟異性說話，就連同性工友他也很少交流。

所以他的直播間往往都是悶不吭聲的安靜。他騎行、他找露營地、他將漏風的帳篷支撐好、然後又在稀奇古怪的露營地中，撐開一張椅子床。

這椅子床買了七八年。父母生病住院時，他幾乎都躺在這張椅子床上陪床。沒想到這次旅遊，陪伴自己的同樣也是這張椅子床。

在絮絮叨叨的各種直播間中，吳超的直播總是很恬靜。沒有家長里短，只有風景。沒有刻意的聊天，只有他在伸手不見五指的夜晚，撿柴火，架一口被煙燻得漆黑的鍋，煮著從附近撿來的野菜。

他的飲食很簡單，野菜和白米飯，奢侈的時候再加一顆雞蛋。

這清新脫俗的直播風格，漸漸吸引了一些尋找安寧的觀眾的關注。不知不覺間，出行一個多月後，已是凜冽寒冬。吳超的直播間同時在線人數緩緩攀升，超過了兩千人。

看著螢幕裡紛紛彈出的彈幕，吳超大多數時候都自說自話。他偶爾也會學其他的主播一樣，回答一些觀眾的問題。但內向害羞的他，仍舊無法像別的主播那樣，稱呼觀眾們老鐵、親人啥的。

至於讓觀眾們多多打賞、關注、點讚，這些他更是說不出口。

但直播間人數攀升後，吳超也稍微有了些收入。剛開始收入不多，但也足夠將吳超灰暗的人生劈開，讓一絲光從縫隙中，照射進來。

直播的日子一天一天過。

進入冬季後，騎行變得異常艱苦。

今天是個雖然平常，但對於吳超來說，卻是個重要的日子。按照水晶直播的平台規則，今天自己就能領這個月的收入了。

中午，他特意找了個手機訊號好的位置，打開軟體的後台。看了一眼收入數字後，吳超開心得合不攏嘴。居然接近六千塊，這筆錢不比他在工地打工少，甚至能支撐他旅行好幾個月。

吳超旅行非常節儉，充電用太陽能板，住宿全都在野外、荒山、破廟中搭帳篷。他甚至還住過橋洞和樹上。有一次，他實在找不到地方了，便冒險在一座陡峭的懸崖邊住了一晚上。

那晚妖風陣陣，險些將他的帳篷和他一起吹下懸崖。

不過這件事也令他漲粉無數。

或許人類就是喜歡看危險的東西，因為恐懼能激起人這個物種的多巴胺分泌。而直播提供了令觀眾們安全便能體驗到其他人形形色色各式各樣的生活。在滿足自己虛無艱難的生活同時，又看到這大千世界無數其他人的生活狀態。最主要的是，還不用太花錢。

這真的能令人欲罷不能。

吳超當旅遊主播的本意，最初只是為了掙一點路費。可人就是種奇怪的生物，當看到利益後，就會朝著利益方希望的方向扭曲。

本來只是自己想旅遊，看遍風景的吳超，不知不覺間被直播間的觀眾綁架了。他漸漸開始去觀眾們希望他去的地方，在觀眾們希望他住的地方停車放帳篷，晚上燒篝火，煮野菜、吃路上撿來的稀奇古怪的東西。

吳超這窮逼氣息撲面而來的風格自成體系，也是沒誰了，所以他漲粉的速度不慢，粉絲接近三萬人。

為了慶祝拿到一大筆分成，吳超在路過一個小鎮時，特意買了一條魚，準備晚上做條紅燒魚犒賞自己。

由於長期吃野菜，他已經有些營養不良。

冬天出行特別的冷，吳超騎著車，在一條杳無人煙的山道上穿行。他看了看天色，夜幕即將降臨，這條路特別偏僻，一個行人也沒有。甚至許久都沒看到一輛車經過。

這寂寥的山道彷彿只剩他一人。

吳超一邊騎車，一邊抽空看手機螢幕。他時不時會回答螢幕上觀眾提到的問題。

就在他路過一片樹林時，突然螢幕上出現了一支火箭起飛的動畫。居然有人打賞他一支火箭。

臥槽，這可是足足一百塊錢。

吳超心裡一喜，連忙道謝：「哪位大哥給小弟的打賞，謝了啊。」

話音剛落，只見螢幕上一串紅色的彈幕，唐突的彈了出來：「兄弟先別謝，今晚就在這附近紮營吧。別往前走了，危險！」

危險？難道這打賞自己火箭的觀眾是本地人？他知道些什麼？

吳超連忙問：「兄弟！前面有什麼危險？」

「再往前走，你會死！」

紅色彈幕又出現了，警告吳超：「但你住在旁邊的那片林子或許還有一線生機。」

這發紅色彈幕的主人到底是什麼意思？

吳超有點懵，這紅色彈幕認認真真的跟他說一些胡話。不過，他也幹了三個月的直播主，什麼觀眾沒遇過？

他笑道：「現在還早才下午四點過，我再騎一個小時再找地方露營。兄弟，你的關心和打賞，我記住了。」

紅色彈幕見吳超不怕死，仍舊一股腦的想往前趕路。竟然一口氣打賞了他足足十支火箭。一連串的火箭爆炸畫面，震撼得一眾觀眾直呼土豪。

這赤裸裸盛開在螢幕上的煙花，全是金錢的臭氣。

吳超心臟猛跳，這兄弟豪氣啊，一出手就是一千塊，足夠自己一個月生活了。

紅色彈幕再次彈出，彈幕的主人固執的道：「只要今晚你在這林子裡過夜，我等會兒再給你刷十支火箭。」

用力踩著自行車的吳超猛地捏住車把，他的車停下了，雙眼放光。格老子，人家土豪一句話的工夫，就能抵自己大半個月的辛苦。就為賺這輕鬆錢，今晚他說啥都不走了。

暮色圍繞著山巒，冬日裡的天黑得早，在這山間小路上，兩旁的荒草林子乾枯、枯黃，每一棵都像張牙舞爪的怪物。

「錢不錢的不重要，我就愛兄弟你的豪爽勁兒。」吳超嘿嘿笑著。

突然，一股股邪風吹來，吹得他不由得打起了冷擺子。

這地方咋那麼陰冷？

紅色彈幕道：「很好！你今晚就在右邊的林子裡住，切記切記，不管晚上聽到什麼聲音，都千萬不要出帳篷！」

紅色彈幕到此為止，沒有食言，在給他刷了十支火箭後銷聲匿跡。

吳超也是實誠人，他答應過的事情就會做。這傢伙找了個空地，將自行車推到了路邊的草地上。開始卸東西，丟進了路邊的林子裡。

不知為何，他總感覺背後涼颼颼的，彷彿林子中有什麼東西，正用猙獰的眼，一眨不眨的死死盯著自己。

等他回頭看去時，又什麼也沒發現。密密實實的林子空無一人，肉眼可及的地方，就他一個活人罷了。

這時候的吳超，萬萬想不到，將會有多麼恐怖的事，降臨在他身上！

08 邪惡樹林

哲學家梭羅說，絕大多數人都生活在一種平靜的絕望中。

每當吳超看到這句話，他都會覺得自己的內心被什麼戳中了似的，眼淚止不住的往下流。生活的絕望，只有對生活絕望過的人才知道。

吳超從前的生活，只有生，沒有活。那逼厄的絕望，那身患重病的父母，那孤獨無時無刻不像絕症般，纏繞著他。

相較之下，這三個月的直播旅遊生活，恍如天堂。

直到現在，吳超仍舊覺得，毅然當生活區主播，實在是自己人生中最英明的決定。當他按照紅色彈幕的囑咐，真的住進這樹林後，吳超卻老覺得這樹林很詭異。同樣覺得詭異不對勁的，還有直播間中一萬多名看他直播的觀眾。

「怪了，這明明是草地，怎麼有那麼多的石灰和水泥咧？」吳超皺了皺眉頭，他踩過的草地中，全都是厚厚的水泥粉末。

他將鏡頭移向地面，笑呵呵的說：「各位兄弟，這些水泥是用來幹什麼的？夥計們有知道的，請打在公屏上。我這人書讀不多實在想不出來。」

地上厚厚的水泥覆蓋著綠色的草，猶如怪物露出了森白的骨，說不出的陰森。

吳超下意識的用腳踩了踩地。不知道擱置在這兒多久的水泥粉末，早被雨水浸透、結塊，所以並沒有揚起灰塵，反而像淤泥一般，他一踩上去，鞋子就陷進去了。

吳超罵了一聲，連忙將腿扯了回來。

直播間中，觀眾們紛紛變身福爾摩斯。其中一位觀眾，發彈幕：「主播，這些水泥很不正常，可能是附近有大貨車出了車禍後留下的。

「出車禍的地方最好不要住人。你根本不知道你住的地方，到底發生過多麼嚴重的交通事故！」

眾多觀眾紛紛附和，彈幕佔據了大半的螢幕。

吳超看得直樂，由於被打賞了一大筆錢，他的心情好極了。

開著直播，這傢伙開始在附近尋找露營的位置。彈幕中不斷有觀眾熱心的給他提示：「主播主播，你剛剛鏡頭掃過去的地方，對，就在那兒，好像有一根巨大的水泥管道。」

吳超望過去，果然看到了一根不知為何廢棄的水泥管道。這根原本用作排水溝的管道完好無損，直徑超過一點五公尺，裡邊用來搭建帳篷綽綽有餘。

「謝謝兄弟的提示，這地方睡起來肯定會很舒適。」吳超當即將自己的行李搬過去，忙碌的把簡易帳篷支撐在管道中，又將椅子床放到帳篷裡。

打理好露營地後，吳超對著螢幕說：「兄弟們，承蒙各位的關注，今天直播平台發薪水啦。我特意買了一條魚慶祝，你們看，就是這條，夠大吧。晚上我準備吃紅燒魚，不過沒菜了。」

吳超為觀眾們展示了自己買的鯉魚後，又指了指不遠處的野林子：「等會我準備到樹林裡去撿點野菜，放在紅燒魚裡。剛剛走過來的時候，我看到了很多野菜，非常的肥美。今晚我有口福嘍！」

說著他彎腰鑽出管道，拿著手機，在夕陽的那一絲殘紅中走入樹林。

樹林中的野菜確實很肥美。和其他地方乾巴巴的野菜不同，這裡就像施過肥料似的，一棵棵又白又嫩。不要說吳超了，就連一萬多名觀眾都看得嘖嘖稱奇。

可就在他摘了一大把野菜準備回去時，突然，吳超的眼角似乎瞄到了什麼奇怪的東西。只見昏暗的樹林中，有幾十棵樹上竟被掛著許多白布。

這些白布就彷彿一隻隻的吊死鬼，在黃昏中看得人不寒而慄。吳超覺得背後發涼，這些都啥玩意兒，誰掛上去的？怎麼那麼恐怖？掛這些怪東西的人，就不怕嚇到別人嗎？

吳超有點緊張的嚥著口水：「兄弟們，有誰知道在樹上掛白布是什麼意思？看起來瘆人得慌！」

看到這些白布，直播間的彈幕簡直爆炸了！

「主播，這分明是川渝一帶特有的習俗。我好像在我們老家看到過，叫做孝帕子啥的！」有彈幕寫道。

「我操，主播這裡肯定出現過車禍，而且是重大的交通事故。這長白布叫孝帕子，是死者親人戴在腦袋上的。

「根據我們那邊的習俗，車禍枉死的人會就地掩埋，他們沒有墳，只在掩埋的位置掛這麼一塊長白布。

「這座樹林可不是啥好地方，主播，你趕緊走吧，千萬不要在這兒過夜。」

「沒錯沒錯，主播趕緊離開。我們那兒的習俗，只有枉死鬧鬼的地方，才會掛孝帕子鎮邪。早點走，晚了或許你就走不掉了。」

白色叫做孝帕子的長布在樹上掛得特別扎眼，再加上彈幕中那些駭人解釋的催化作用，弄得吳超有些怕。但他轉念一想，人死了就啥都沒有了，這世界上哪有鬼？況且都和紅色彈幕的主人說好了，人家也都打賞了。

不可能拿了人家的錢，轉屁股就不認帳。這可不是吳超的性格。

他今晚說什麼也不會離開。

但這樹林，他是真怕。所以他草草撿了一些柴火，拿著野菜回到了水泥管道裡。剛走入水泥管道，天空最後一抹亮色就徹底被黑暗吞沒。

陰冷的夜晚來臨。

吳超撿了兩塊石頭，在管道入口處點燃了篝火。溫暖的營火照亮四周後，他稍微安心了些許。

火光，總能為人帶來安全感。

吳超將黑漆漆的鍋架在火上做飯。

綠油油的野菜品相很好，一部分被他用來炒了辣椒，一部分用來做紅燒魚。野菜異常的香，讓人食慾大振。吳超聞到香味，肚子不爭氣的咕嚕咕嚕響個不停。

他有點尷尬：「今天騎了一天的車，中午吃剩菜剩飯早就餓了。兄弟們，我開動了啊。粉絲先吃！」

他端起一碗香噴噴的白米飯，用筷子夾起一塊魚肉，探向鏡頭後，對著直播鏡頭猛吃起來，吃得那叫一個香。

有觀眾酸溜溜的，在螢幕中發彈幕：「主播兄弟，你還真吃得下，你就不覺得噁心嗎？那些明顯茂盛的異常的野菜，有可能就是出車禍的屍體滋養出來的。你或許是在吃屍體啊！」

這話說得吳超犯噁心，他乾笑兩聲後沒理會，埋頭繼續吃。吃完飯後又直播了一會兒，直到八點半，他有點睏了。

「兄弟們，我準備下直播睡覺了。先去樹林裡放點水先，免得半夜尿急還要出門上廁所。」吳超往水泥管道外探出半個腦袋。

洞外伸手不見五指，一股惡風颳個不停。呼啦啦的風吹聲，就像餓鬼在淒厲的慘叫。而這被篝火點亮的水泥洞，是唯一的避難所。

「兄弟們，說實話，外面有點恐怖。大家將九字真言打在公屏上，給我驅邪壯膽。」吳超對著螢幕說。

螢幕上頓時爆出了一大片伊斯蘭教、天主教、東正教、佛教、道教，和莫名其妙的驅邪咒語。雖然獨自一人在荒野，可有一萬多名觀眾在雲端陪著，吳超倒也不怎麼害怕了。

他架好手機，一溜煙的跑到水泥管道外撒尿。可就在吳超消失的地方，一萬多名觀眾全都看到了恐怖的一幕！

就在吳超身影不見後，鏡頭裡突然出現了幾個白濛濛的影子。那些白色影子在黑暗裡飛過，在空中一搖一晃。

那些白影彷彿追著吳超，朝他撒尿的位置飄過去。

吳超回來後，有點莫名其妙的看著再次爆炸的彈幕。怎麼回事，自己就只是去撒了一泡尿而已，怎麼彈幕密集到都將直播間淹沒了？

他摸不著頭腦，定睛細看後才發現，所有人似乎都在談論一件事。

「主播，你這個地方真鬧鬼啦！」

「喂，主播，剛剛你撒尿的時候，有幾個白影就在你背後。」

「主播快逃，有厲鬼索命！」

「大家瞎急啥，這明顯就是主播的團隊在搞鬼。現在的主播為了增加關注度，毫無底線，你們都是真傻，這都看不出來。然而老衲我，早已經看破了玄機。」

吳超愣了半天，這些彈幕他越看越搞不清楚。

啥情況？他撒尿時背後有人？也不對啊，這地方前不巴村後不著店的，何況有人，再者，在這萬籟俱靜的夜晚，就算是一隻兔子，他應該也能聽到兔子蹦跳的聲音才對。

相較於熱鬧的直播間，吳超所在的山間樹林非常安靜。夜很涼。洞外的黑暗彷彿抹殺了一切生機。

要說樹林裡真有鬼，也不是不可能，畢竟黑夜本就是滋生恐懼的時刻。吳超這個無神論者只感覺背後涼颼颼的，他被直播間裡觀眾的話弄得心頭有點慌。

「算了，我先關直播了哈。兄弟們，咱們明早見！」吳超決定關了直播後迅速睡覺，明天一早，天矇矇亮就出發離開這裡。

這地方，實話實說，確實有點邪乎勁兒。

可就在他準備關閉直播間前的一瞬，水泥洞外猛地出現了幾個白森森的影子。那些竟然是原本掛在樹上的孝帕子。

白色的孝帕子不知被誰從樹上解下來後，用力扔到了吳超所在的水泥洞口。其中一條甚至還越過了洞口，落在吳超的腳邊。

「臥槽，臥槽。」吳超嚇得大叫一聲，跳起腳向後退了好幾步。他渾身都在發抖，眼睛不斷打量著洞外，吼著：「喂，是誰在外面裝神弄鬼嚇唬人？」

管道外空寂無聲，只有他的聲音迴盪在洞中，迴盪在洞外。哪怕直播間裡熱鬧鬧的有一萬多名觀眾在看著他的一舉一動，但此刻的吳超卻孤立無援。

「警告你，我身上可是有刀的。」吳超心虛的再次喊了一聲。

洞外依舊沒有任何人回應他，但他卻迎來了一大波恐懼得都要溢出次元壁的彈幕。

「主播。快逃，你背後有東西，快看你背後！」

彈幕裡那強烈的感情色彩，讓文字也蒙上一層驚恐。

吳超猛地轉頭，他瞳孔放大，看到了險些將他嚇死的一幕！

只見不知被何人丟在洞裡的孝帕子無風自動，竟然就那麼無依無靠的飄了起來，懸在空中。那長白布內部空空蕩蕩，卻彷彿笑得張牙舞爪、猙獰可怖。篝火的光照在孝帕子上，本應在地面投射下長長、長長的影子。

可吳超無論如何，都找不到孝帕子遮蓋光芒後，留下的影子。

「這孝帕子怎麼回事？難道有人整我！」吳超嚇得魂都散了，但還拿著手機在直播，雖然那隻手抖個不停，他心臟狂跳，全身冰冷。

他直播間內的一萬名觀眾看到了這一幕，有的人不以為然，也有人是真的被嚇到了。

觀眾們紛紛發彈幕：「主播的特效做得好，請哪個團隊弄的？」

「臥槽！現在的主播都這麼拚命嗎？這特效簡直牛逼呀！可比國產電影強多了。」

也有人清楚吳超窮逼底細的老粉絲，發言為吳超辯解：「你們簡直在放屁！你看這主播每天窮得只吃野菜，連肉都沒有。他哪有錢請特效團隊，這明明就是真的。」

此刻的吳超根本無暇顧忌彈幕裡的眾說紛紜，眼前超自然的一幕，讓他整個人一動都不敢動。

水泥管道外，風颳得正烈，像極了無數冤魂在淒厲叫著，想要索他的命。

孝帕子在空中飄了一會兒，就猛地朝吳超當頭罩去，眼看就要罩住他的腦袋了。

吳超發出了非人類的尖叫，他轉身就想逃出洞外。可他只走了兩步，就硬生生止住了身體。

洞外有情況，而且更加不妙。

只見篝火的亮光所能及的邊緣處，掉在附近的孝帕子也飄了起來。那些孝帕子披在黑暗中，就彷彿披在了什麼人的身上。

不，洞外確實有人。五個人，那些人看不清楚模樣，但他們卻將孝帕子纏在了腦袋上。那些人踩著草地，在黑暗中用冰冷邪異的眼神，死死盯著他看。

「媽的，就是你們在搞鬼。我哪裡得罪你們了？」吳超見有人出現，心裡反而安穩許多。他一邊破口大罵，一邊抄起一根趕火棍，朝洞外的人比劃。

「荒山野嶺的，你們裝神弄鬼想幹嘛。要錢我可沒有，我都窮得住水泥管道了。警告你們趕緊走，否則我真的會報警。」吳超聲音很大，他不想輸了氣勢。

可那些人影一動不動，沒有任何人開口說話。

冰冷的風拂過不遠處的樹林，吹響樹葉，發出沙沙的響聲，彷彿樹在風中哀號。

「說話呀！」

吳超的神經快要緊繃得斷掉了，他猛地打開手電筒，一束光照頓時割裂黑暗，照在了對面的那五個人影上。只看了一眼，吳超頓時倒吸了一口氣，猛地後退幾步。他的臉色煞白，雙目無神。

手電筒的光因他顫抖的雙手，而不斷抖動著。

抖動的光線不斷掃過那些人的臉，直播間的觀眾們也看到吳超所看到的可怕景象。

所有看直播的人頓時毛骨悚然起來。

那些披麻戴孝的人，根本就不是人，而是一截一截的老樹枝椏。枝椏人立而起，通體血紅，彷彿吃了人似的，就算是隔著螢幕都能聞到強烈的血腥味。而孝帕子就拴在樹椏的主幹上。

更可怖的是，被光一照，這些乾枯早就失去了生機的枝椏，竟然行動起來。它們一步步朝吳超住的水泥管道靠近。而且走路的姿勢，分明和人類一模一樣。

觀眾們嚇得不輕，大量彈幕劃過螢幕。

「主播，這怎麼回事，好好的生活旅遊區直播，怎麼變成靈異區了？難道我走錯了頻道？」

「主播，你在搞什麼，大半夜的還要不要讓人睡覺。我都要吐了。」

「水晶直播的網警幹啥去了，這裡在宣揚封建迷信，為什麼沒有人管？」

當有彈幕提到水晶直播的網警哪去了時，觀眾們同時愣了一下。

咦，有點怪啊！平時，神出鬼沒的網警經常弄得天怒人怨。他們嗅覺靈敏，生活區管得特別嚴。有些主打日常的美女主播稍微秀了一下半露的酥胸，他們這些觀眾老爺啥都還沒看到，網警就出來封了直播間。

恐怖直播的話，肯定會要求打碼，畢竟對小孩子不好。可網警卻始終沒有出現，失蹤了似的，彷彿獨獨對這個直播間視若不見，放任自流。

這置若罔聞的態度，都違法了喂！

吳超的直播間，不由得蒙上了一層難以描述的怪異。

許多觀眾看得直呼恐怖過癮，便開始呼朋喚友，叫朋友來看這奇葩的直播。吳超一個平平無奇的小主播，居然將旅遊直播硬生生弄成了恐怖大片。這是誰都沒想到的。人類就是喜歡類似的小驚喜。所以，一時間進入他直播間的人數暴漲。

不過現在的吳超，已經完全不在乎了。他被嚇得膽都破了，他不知所措。

水泥管道內的孝帕子還在身後不斷攻擊他，努力想罩到他腦袋上。這孝帕子彷彿被一雙無形的手操縱著，吳超哪裡敢讓自己被孝帕子碰到。畢竟用膝蓋想都清楚，被這詭異的長白布沾身，肯定沒好下場。

吳超抓著打火棍，硬是在狹窄的水泥管中左躲右閃。長期從事體力勞動的他，反應能力尚可。但那塊孝帕子實在是太快了，飄忽不定的攻擊方式也很難抵擋。被孝帕子罩住腦袋，恐怕只是早晚的事。

而水泥洞外，又有幾個披著孝帕子的樹椏正盯著自己。那些怪東西，不知為何，只走入篝火的光圈外層後，就沒有再動彈過。但是吳超清楚得很，一旦自己真逃了出去，那些樹椏肯定會攻擊自己，沒有懸念。

吳超第一次感覺自己離死亡居然這麼近。

就在他氣喘吁吁，體力透支，就快要逃不下去的瞬間。直播螢幕上突然彈出一串藍色彈幕，加大加粗的藍色彈幕非常顯眼，剛好被吳超的眼角餘光掃射到。

「主播，站在原地不要動，那張孝帕子傷害不了你。不過是些弱小的魑魅魍魎罷了，趁你時運低，用幻影忽悠你。別怕！

「雖然你被穢氣沾身，但還好你身邊有篝火。這些弱小的魑魅魍魎怕火，它們暫時不敢進洞裡來。」

突如其來的藍色彈幕極為顯眼，而且有條有理，說得就跟真的一樣。吳超弱弱的問道：「你是誰？我真能信你？」

現在情況危急，他看到什麼，都覺得是救命的稻草，也不管什麼科學的人生觀和價值觀了。今晚所發生的一切，特麼都超現實。

「我叫夜諾。剛剛看直播的時候，發現你的直播間陰氣逼人，就知道一定會出問題。果不其然啊！相信我，照我的話做，你就能逃過這一劫。」

拿著手機螢幕看著吳超直播的夜諾，正盤腿坐在床上。他一臉肉痛，奶奶的，現在的直播平台簡直是想錢想瘋了。要留下不同顏色的彈幕，居然要花錢開通VIP權限，想用加粗字體，同樣要加錢。

但現在夜諾急著救人，也顧不了那麼多。

吳超看完夜諾發的彈幕後，愣了一愣。他不怎麼敢相信這個自稱夜諾的傢伙，畢竟直播間裡看直播的觀眾，真的是啥神經病都有。誰知道夜諾是不是個跟自己開玩笑的神經病。

現在自己遇到了詭異的事，真聽一個神經病的話，他可能會萬劫不復，最後一絲逃出生天的機會也斷了。

但夜諾顯然看出了他的顧慮，只是道：「你不聽我的話難逃一死，但是聽我的，倒還剩一線生機。這個選擇題，不難選擇吧。」

不錯，如果這是一道單純的選擇題的話，確實很好選擇。但假如選擇題的對錯直接關係到自己的小命呢？

吳超是個果斷的人，否則也不會決然的花光所有積蓄，帶著一頂帳篷一張架子床，就獨自一人騎著單車直播旅遊了。

他一咬牙，大聲道：「夜諾兄弟，我就聽你的，今天兄弟我就將命交給你了。如果我真能逃過這一劫。老子以後一定三拜九叩，感謝你的大恩大德。」

夜諾笑了笑，沒接話，只是道：「別浪費時間，你有機會報答我的。現在去篝火裡抓一根帶節疤的柴火，要燃燒了一半以上的。然後用火對著那塊孝帕子往死裡戳！」

看到夜諾發出的彈幕後，吳超發狠的用剩下不多的力氣往回跑了幾步。孝帕子又一次撲了過來，他在地上打了個滾，堪堪躲掉了。

雖然夜諾說這些孝帕子只是幻覺，可如此真實的幻覺，讓吳超根本無法不在乎。再次躲過當頭罩來的孝帕子的吳超，找到了孝帕子的破綻後，當機立斷，從篝火中抓起一根熊熊燃燒的柴火。

等孝帕子又一次飄過來的瞬間，他將燃燒的那一端，惡狠狠的戳在孝帕子上。

只見燃燒的火焰一接觸到孝帕子，整張孝帕子就發出淒厲的鬼叫聲。那聲音震徹心腑，刺激得吳超心臟都快停止了。

很快，孝帕子就在火焰中燃燒殆盡，化為飛灰，在空氣中消失得一乾二淨。

吳超揉了揉眼，罵道：「幹你娘的！夜諾兄弟說得沒錯，這還真他媽是個幻覺！」不由得，他對那個叫夜諾的神秘觀眾，更添了一份信心。

「夜兄弟，我現在該怎麼做？外邊的鬼東西，像是要闖進來了！那也是幻覺嗎？」吳超對螢幕問。

洞內的孝帕子被解決後，洞外的樹椏怪物蠢蠢欲動。陰風吹個不停，水泥洞外，冷得刺骨的風，不停的朝裡邊鑽。

凍得人手腳冰涼。

夜諾的彈幕回覆得很快：「把篝火燒旺一點。這還是鬼魅魍魎而已。只要你不被它們拉入鬼域，你今晚就活得了。」

吳超打了個冷顫，鬼域是啥鬼？臥槽，難不成這世上真有鬼，自己是見鬼了？

他連忙在篝火上加了好多柴火，橘紅的火焰輻射出的溫暖，讓他舒服了許多。強烈的光照向洞外，那幾隻穢物也往後退了幾步。

但它們仍舊沒有離去，明明只是五個戴著孝帕子的枯樹枝，卻擬人的冷不丁陰笑著。看得吳超不寒而慄。

在火光的盡頭，這些詭異的怪物身體突然扭曲了一下，接著五隻混到一起，變成只剩下一隻。那最後剩下的枯樹椏顯得極為可怖，披著五條孝帕子，用人類的步伐，試探著一腳邁入火光中。

吳超跟前的篝火猛地抖動了幾下，彷彿被濃濃的陰氣壓制住，就連火焰都低下了腦袋。

穢物進入火光的那根枝椏燒焦了似的，冒著煙。可它沒理會，只是一步又一步不斷朝水泥洞爬過來。

眼看就要將爪子只剩一半的枝椏，探入管道內了。

吳超臉色煞白，對直播間尖聲喊道：「夜兄弟，你說的方法不管用呀。這鬼東西就快要爬進來了！」

夜諾很沉得住氣：「鬼魅魍魎會有點小聰明，你要穩住。現在，用你的手機鏡頭，將這穢物框住，讓它的身體出現在直播螢幕中。記住，千萬不要讓它脫離你的直播畫面。」

「我試試。」吳超連滾帶爬的將手機從架子上拿下來，他的手不斷顫抖，連帶著整個直播間的畫面都抖動不止。但他仍舊照著夜諾說的做了，盡量將那猙獰的穢物暴露在自己的直播間中。

說實話，這一幕讓看吳超直播間的所有觀眾都有點懵逼。那戴著孝帕子的樹杈實在是太可怖了，光是多看幾眼，都會嚇得人睡不著覺。這又是大晚上的，膽小的直接被暴擊出一輩子的心理陰影。

觀眾們紛紛發彈幕抱怨：「奶奶的，明明是好好的旅遊生活直播間，怎麼畫風變成惡俗的捉鬼頻道了，這創意也是沒個準。取關取關。」

許多觀眾大叫著要退訂、取關。

吳超生死一線間，哪還在乎直播間觀眾的感受，他現在只想活下來。強大的求生欲刺激著他的神經，讓他的腎上腺素直線飆升。

他深呼吸，盡量讓自己平靜，他的一隻眼睛緊緊盯著那不斷靠近的穢物。而手上的手機則捕捉著那個穢物的一舉一動。

夜諾的囑咐有了效果，原本氣勢洶洶想要奪命的穢物，不知為何越走越慢，最終在離水泥管道近在咫尺的位置，生生停了下來。從沒有臉的穢物身上，吳超甚至能感覺到它在痛苦。

「太好了！」吳超喜道。

那樹椏穢物離自己只有一公尺多，靠近了看，更覺得恐怖。

夜諾道：「你的直播間裡有接近一萬多名觀眾，每一個人都是活生生散發著陽氣的充電寶。這麼強烈的陽氣聚集在同一個地方，一個弱小的穢物怎麼會不害怕？」

「那我安全了嗎？」吳超連忙問。

夜諾嘆口氣：「哪有那麼容易，我看，這穢物還有後手，不會輕易放過你。」

果不其然，明明如按下暫停鍵的穢物，突然高聲嘶吼起來。隨著這淒厲的嘶吼聲，樹林中猛地一陣陰風掠過。只聽偌大的空間發出了轟隆隆的響聲，就像無數隻在夜間被驚醒的鳥，在振翅飛翔。

「不、不對勁！」吳超臉色變了變。

那鳥群拍打翅膀的聲音，分明是衝著吳超的水泥管道飛過來的。

這深山野林的，什麼鳥聲音會這麼怪？

就在吳超百思不得其解的時候，坐在床上眼睛一眨不眨盯著直播的夜諾，臉色也突然大變。他飛快的發彈幕：「不好，好強大的陰氣。」

說時遲那時快，只見黑暗中一大群森白的影子，齊刷刷的落在了水泥管道外的火光盡頭。吳超和直播間中萬名好奇的觀眾定睛一看，哪裡是什麼鳥，那分明是孝帕子。

全是孝帕子，密密麻麻的孝帕子，不知道究竟有多少張。這些被日曬雨淋掛在樹林中，用來祭奠車禍冤死的親人們的孝帕子，現在居然全詭異的從樹林中飛出來，變成吳超的催命符。

數都數不清的骯髒長白布落地後，通通如蛇一般，在沒有支撐的狀態下，站了起來。不，那些孝帕子並不是憑空站起來的，每一張孝帕子上方，都有一隻猙獰可怖的手爪從虛空中探出來，將孝帕子扯到空中。

那樹椏穢物又是一聲令人耳鳴的吼叫，地上的孝帕子頓時紛紛被虛空中的手抓起，朝那穢物身上纏。

纏了一層又一層，很快，穢物就被白色的孝帕子纏得密不透風。

淒慘的風在樹林前的空地颳來颳去，那風聲聽得人不寒而慄。不時有落葉隨著狂風吹入吳超藏身的管道中，直吹得吳超睜不開眼。洞穴裡的篝火也被風吹得越發暗淡，眼看就要熄滅了。

「夜兄弟，情況不妙啊。」吳超渾身發抖，臉色慘白。

陰風過後，纏滿孝帕子的穢物再次一步又一步的靠近水泥管道，直播間傳來的陽氣和篝火的光，也無法再阻止它，甚至它的一隻手都探入了洞內，想要用尖銳的枝椏將吳超叉住。

夜諾腦袋飛速轉動，他不停思考。情況略有些糟糕，吳超只是個普通人而已。可他面對的穢物，已經遠遠超出一般人能夠應對的範疇。

吳超幾乎毫無勝算。

但還有一個辦法。夜諾迅速發彈幕：「別怕。我說過，我有辦法救你的，不過這個方法有點複雜。」

「我怕啥，我他媽都快要怕死了。夜兄弟，你就直接告訴我是啥辦法！」吳超在狹小的洞中左躲右閃，異常辛苦。死亡彷彿下一秒，就會降臨。

「仔細看我發的彈幕。一步都不要做錯，否則後果不堪設想。」夜諾將記憶裡的那個除穢法門，用盡量簡單的文字發出去。

「第一步，咬破指尖，擠出一滴血，點在自己的額頭上。」

吳超顧不得猶豫，他按照夜諾所說，用力咬在指尖上。殷紅的血一暈染指尖，他就將其點在額頭。吳超的額頭上頓時出現了一抹血紅。

「第二步，抓一把炭灰，將整張臉抹黑。」

吳超顧不得燙手，看準時機，朝燃燒的篝火中抓起一把炭灰，用力將整張臉抹得漆黑。而漆黑的臉龐，唯有額頭的一抹紅，特別的刺眼。

彷彿是這股遮天蓋月的陰氣中，唯一的亮光。

「第三步，用你手邊上的黑色塑膠袋。把它扯成像京劇一樣的長鬍鬚貼在上嘴唇和下巴上。鬍鬚不要太長！」

夜諾用彈幕不斷的下命令。

吳超提心吊膽的全都照做了。不多時，他的臉已經面目全非，黑臉黑鬍鬚，哪還有正常人的模樣。分明是個凶神惡煞的鬼！

「可以了。」連續五六步之後，看著直播的夜諾頗為滿意。這個吳超也是個心智堅定的人，而且求生欲極強。

他應該能撐得過今晚。

「這就可以了。」吳超愣了愣神：「我沒做啥啊！」

穢物的半個身體已經爬進洞。篝火被穢物一巴掌打滅，灰塵四方揚起，瀰漫了整個空間。

吳超心臟狂跳，那股即將死亡的恐懼縈繞全身。就在他想要逃出去時，夜諾的彈幕又出現了：「穩住，不要動，不要有表情。記住，打死都不能動！」

吳超就真的不動了，他眼巴巴的看著穢物不斷靠近自己，那穢物包裹在孝帕子裡，將空間不算小的水泥管道塞得滿滿的。現在的吳超，逃無可逃。

吳超渾身起滿雞皮疙瘩，一股想逃的劇烈恐懼，不斷侵蝕他。

他用僅有的意志，控制住身體，不動，千萬不能動！

就在那鬼魅穢物跟他近在咫尺，臉對臉面面相覷的瞬間。本來以為下一刻就會被這穢物刺破心肺，變成倒吊在樹椏上的屍體的吳超，看到了令人震驚的一幕。

快要崩潰的吳超，竟然將那穢物嚇了一跳，煙塵中，穢物像是見了鬼似的，驚慌失措低吼連連，最後猛地化作一陣陰風，頃刻間就消失得無影無蹤！

我的天，這幾個意思？

吳超有點懵，不光是他，一萬多名觀眾也都很懵逼，紛紛在彈幕中寫感想。

「主播，你跟你的團隊太不敬業了。這高潮都沒有就直接結尾了，如果是小學生作文的話，國文老師肯定會打零分。」

「對呀，對呀。那鬼東西怎麼突然就跑了，還被你嚇了一跳。接下來的發展，不應該是你掛掉嗎？」

「就是，就是，就你那個黑關公臉。有球的可怕的，那怪物居然會被這嚇跑，你們團隊有麼有點基本常識？有沒有認真調查過民間傳說？瞎幾把搞，有始無終。」

也有懂一點東西的，發彈幕寫道：「明明是你們沒有見識，少見多怪。剛剛那個叫夜諾的牛逼，每一步都有深意。他讓主播化的妝，分明是儺面啊。」

「儺面？啥是儺面？」

有觀眾連忙問，吳超同樣很好奇。他觀察了四周幾眼，自己似乎暫時沒危險了。剛才颳個不停的淒厲陰風，現在已經收斂。對面林子裡靜悄悄的，如死亡般的寂靜。

吳超立刻將已經熄滅的篝火重新點燃，有了火光溫暖，他擔驚受怕的小心臟好受了些。這傢伙暗暗祈禱，希望就這樣安安全全的撐到天亮。只要天一麻麻亮，管球的太多，他立馬東西都不要了，趕緊離開這鬼地方！

彈幕中，一些懂行的觀眾已經熱心的解釋起來：「儺面是一種古老的面具文化，歷史源遠流長。在過去，不管哪個古代文明，這東西都相當盛行。無論是薩滿，還是陰陽師，都會戴著儺面具。或用來祈福，或用來祭祀，但更多的，還是驅魔趕鬼。

「剛剛那夜小兄弟讓主播畫的，就是驅鬼用的一種儺面。你們覺得主播畫的是關公？不，其實不對，準確的說是百鬼之王鍾馗！」

「鍾馗他究竟存不存在現在不可考？但數千年的香火供奉，傳說他已經肉身成聖，萬鬼懼怕。

「再加上咱直播間這麼多人盯著，陽氣鼎盛。天時地利人和下，所以那鬼東西才會被嚇跑。但最主要的，還是那夜小兄弟是有真本事的人，一般的儺面絕對沒那麼厲害，真能嚇跑惡鬼的儺面，普通人是畫不出來的。夜小兄弟讓主播畫的儺面中，肯定藏著某種玄學。」

熱心觀眾的一番解釋讓直播間頓時熱鬧起來，大家看得意猶未盡，紛紛讓吳超今後多策劃點類似的恐怖直播。

吳超看得哭的心都有了，今天他險些把命丟在這，甚至自己都對直播旅遊這件事產生了恐懼。他準備明早一離開這裡，就把直播軟體刪了算了。

格老子，回家好好的搬磚不好嗎？踏踏實實的過日子，不好嗎？當初自己幹嘛要腦抽，跑荒山野嶺露營直播，擔驚受怕的？

值得嗎？

那一整晚，吳超都夜不能寐，努力撐著沉重的眼皮。他如同驚弓之鳥，聽到啥風聲都會嚇一跳。他的直播間一直沒有關，也不敢關。

至少有人陪著，哪怕是來自雲端的關心，也令他心裡熱騰騰的。

夜深後，看熱鬧的觀眾漸漸少了，不過仍舊有上百人陪他熬通宵。

直到第一絲光，照亮大地，草尖上的露珠開始蒸發時。吳超這才長長的鬆了一口氣，想要關掉直播軟體。

可就在他想關掉直播的一瞬間，他發現了一件令自己毛骨悚然的事！

─09─
那催命的血色彈幕

語言這種東西，很有趣，也很有魔力。哪怕簡簡單單的將幾個字在一句話中稍微調換一下位置，意思就完全不一樣了。

例如，渣男說，我喜歡的女孩在別人懷裡，這話聽起來是不是會令人同情？而同樣是這個渣男，當他說，我喜歡別人懷裡的女孩。這就很欠揍，很渣了。

所以很多人做著欠揍的事，卻用令人同情的方式描述出來。

但吳超現在遇到的情況，有點令他手足無措。因為他驚訝的發現了一件事，自己根本關不了直播間。

朝霞正在爬滿天際，染得天空一片紅。而朝霞下的他，滿臉冷汗。吳超發現自己只要想退出直播間，螢幕上就會有一排紅色的彈幕飄出來，上面血淋淋的寫道：「恭喜你，你被選中了。我們來玩一個遊戲吧，關掉、退出直播間，又或者關掉手機。你就會，死掉！」

「這怎麼回事？」吳超嚇了一跳，他覺得自己手裡的這支手機無比陌生。本以為是有人在跟自己開玩笑，但不知為何，心裡有一個聲音告訴自己，這並不是開玩笑。關掉直播後，他很可能真的會死！

這行紅色文字彷彿有極大的魔力，哪怕只是看到這行字，就對字中蘊含的威脅感受得十分清楚。

吳超渾身冰冷，雙眼死死盯著手裡的手機，問：「你是誰？為什麼要害我？」

紅色彈幕並沒有繼續彈出，吳超咬牙切齒的看向直播間的後台。令他驚愕的是，自己原本能夠在後台看到每一個觀眾的暱稱，但偏偏後台根本找不到那個發紅色彈幕的人。

就彷彿那彈幕是憑空出現的。

不，甚至極有可能，彈幕是手機自己發給自己的威脅。這支手機也有問題了？吳超手中的手機冰冷無比，在朝霞中閃爍著逼厄的邪氣。心裡剛冒出想丟掉手機的衝動，吳超的直覺就敲響了死亡逼近的警鐘。

這絕對不是鬧著玩的。有一股神秘的可怕力量，已經選中了他，正在窺視他。

就在吳超口乾舌燥、手足無措的不知如何是好的時候，那個叫夜諾的哥們發來一條私信。

「主播，我看到你剛剛說要退出直播這行當，以後都不想直播了。不知道，你剛剛想退出的APP軟體時，有沒有一行血色紅字警告你，說你關掉直播就會死？」

吳超猛地憤怒不已，眼珠子紅得像得了瘋牛病。他惡狠狠的問道：「你怎麼知道這件事，難道這一切都是你在背後搞鬼？你為什麼要詛咒我，害我？」

夜諾很快就回了私信：「冷靜一點，我是來幫你的。那個詛咒在春城已經蔓延開了，許多水晶直播上的生活區主播，都成了受害者。不過你很幸運，在沒有被詛咒折磨死之前，就被我發現了。」

「那我該怎麼辦？」

夜諾的話很有說服力。吳超頓時像洩了氣的皮球，他被生活折磨凌辱也就罷了，現在為了逃避生活，出來旅遊，開個直播賺點路費。沒想到生活殘酷的一面，更加變本加厲的碾壓折磨他。

做人怎麼這麼難，下輩子當蒼蠅，他奶奶的也不要當人了。

「別怕，我說過會幫你的。我正朝你所在的位置趕過去，應該再過不久就能到。」夜諾說。

吳超猶豫：「我想走。」

「千萬不要離開。」夜諾道。

「可是，我一刻都不想在這鬼地方待下去。」

夜諾沉默了一下：「要走也可以。但你離開那片草地時，千萬別回頭。無論誰叫你，你看到了啥，都不要回頭。否則，事情會很糟糕。」

說完這句話後，夜諾陷入了沉寂，沒有再回過吳超的私信，顯然他有啥事情在忙。吳超本來想要等的，可他突然想到了一件極為可怕的事，自己根本就沒告訴過那個叫夜諾的兄弟自己的位置。他卻說就要找到他了！

這怎麼可能？

不對勁，那夜諾肯定也不對勁。除非一直監視自己，否則他怎麼可能在不知道自己具體位置的情況下，找來這兒？這荒山野嶺的，說實話，就連他自己都搞不清楚自己到底在哪條路上。

吳超猛地打了個冷顫，他覺得那個夜諾很可疑。

不行，必須要離開這兒，不能再等了。哪怕夜諾千叮嚀萬囑咐，讓吳超留在原地等。可人一旦心裡有了懷疑後，哪還聽得進去他人的警告。

這個地方，一刻也不能多待。

吳超看著清晨的陽光落在草地上，只感覺冰冷透骨。這片樹林的陰森，沒有處身其中的人難以想像。每當風吹拂而過，樹林的枝椏就像是想要過來抓他的鬼手，不斷在風中搖晃！

發出的沙沙聲響，聽得人毛骨悚然。

吳超看了看錶，才剛清晨六點半。他再次嘗試關閉直播軟體，但哪怕只是按下Home鍵，將直播間切換回後台也做不到。

而且更可怕的是，手機彷彿黏在了他的手掌上，怎麼甩都甩不掉。

情況似乎在朝著越來越糟糕的方向發展。

清晨的陽光並沒有為他帶來一絲溫暖，此時的直播間已經開始陸陸續續有觀眾進來了。他也無心和觀眾問好，只是一個勁兒的收拾東西。

將所有行李放在單車上後，沉重的單車被他扶起來，緩緩輾壓過草地。他離開昨夜住了一整晚上的水泥管道，就在他快要離開草地回到公路的那一剎那……

「吳超。」突然，背後傳來一陣冰冷的呼叫，叫的正是吳超的名字。

背後的聲音彷彿在耳畔響起，非常輕。進入耳道的呼喊聲彷彿凍結億年的冰，幾乎將他心臟冰封。

吳超猛地打了一個寒顫，正要回頭望望是誰在叫自己的瞬間，他整個人都僵了一下。這荒山野嶺的，人影都沒有一個，怎麼可能有人會叫自己。

而且那個叫夜諾的人吩咐過他，假如真的想要離開，千萬不要回頭。

吳超心臟狂跳，他強忍著不敢回頭。他咬緊牙關，推著自行車，一步一步往前走。被他輾壓過的草地，本被輾壓的根根小草，在他走過去後，立刻就詭異的恢復了原狀。這些草分明沒有任何的生機，就像是塑膠做的。

可這一切，吳超並沒有發現。

眼看吳超的前輪就快要挨到公路的邊緣，還沒等他笑出來，猛然，單車下的草全都豎了起來，草尖如鋼針似的，活活將單車的輪胎扎破了。

只聽砰一聲，破掉的輪胎發出巨響。吳超一個沒抓穩，整輛單車連帶著行李全都倒在草地上。

吳超也被沉重的單車帶倒在地，他用手撐住地面想要立刻爬起來。可就這一個瞬間，手掌心竟然傳來一陣劇烈的疼痛感。他尖叫一聲。連滾帶爬的站起身。

只見整隻手掌都被草尖戳出密密麻麻的血洞。掌心的血流個不停，染得草地一片殷紅。

沾了血的草無風自動，彷彿在嘲笑著吳超。

吳超臉色煞白，他感覺自己渾身的血液都像是想要順著手掌中的血洞流出來。那些血洞中，突然騰起一股黑煙，那些黑煙猶如一隻隻小手掌，想要把血洞撐得更大。

「這什麼鬼東西！」吳超大喊大叫，拔腿就跑，連單車和行李都不顧了。馬路牙子就在不遠處，只需要再跑兩步，他就能逃出生天。

吳超拚命的跑，可是這片草地哪裡會放過他？跑了一步之後，他突然發現自己居然動彈不了。鋼針大小的草尖，像是鬼爪，牢牢的抓住了他的鞋底。

「吳超。」

那冰冷的聲音再次呼喊自己的名字。吳超用雙手將耳朵堵住，他怕得渾身都在打擺子。

吳超的求生欲令他不斷提醒自己要清醒，他用最後的理智俐落的將鞋脫掉。赤著腳縱身一跳，只要再一點點，再一點點，他就能跳到馬路牙子上了。

但草地彷彿猜到了吳超的心思，就在他跳起的瞬間，地上的草開始瘋狂生長。那變長的草眼看就要拽住吳超的腳踝。

吳超在空中將腳縮起來，險之又險的躲開了。瘋長的草，抓了一空，沒有攔住他。他的身體在空中越過草叢，離馬路牙子越來越近，眼看就要落在馬路上逃出這個鬼地方。

突然，馬路旁的一棵枯樹彷彿活了過來。乾枯的枝椏像是張開的拳頭，對準吳超一把砸了過去。那枝椏速度極快，吳超慘叫一聲，硬生生被枯樹砸回草地。

吳超倒在地上，渾身骨折了般的痛，他滿臉都是絕望。

「吳超。」

那輕柔卻冰涼的聲音第三次叫出了吳超的名字。他的耳道竟然被這聲音刺激得血流不止。血一滴一滴不斷落在草地上，草地歡唱著，將這新鮮的血液吸收得一乾二淨。

「吳超！」

接二連三的呼喊，令吳超麻木。他始終都沒有回頭看哪怕一眼，但那聲音每叫一聲，他身體裡的血液就會通過七竅朝外流一些，而且那聲音越來越扭曲變形。

聲音不斷摧毀著吳超的意志。

「吳超。」終於，聲音竟然變成了他母親的溫柔呼喊。

「媽，媽媽！」吳超思緒已經模糊了，猛地聽到自己母親的音調，下意識的回頭望了過去。

就在轉頭的一瞬間，他心裡頓時大呼不好，整個人都清醒過來。

該死，還是中了這樹林的邪招！

霎時間，吳超瞳孔中的景象，全變了。

曾經的草地陡然間變成了人間煉獄。

哪裡還有什麼草地，哪裡還有什麼樹林。地上流淌的全是血，血水不斷湧出地面，沒多久就形成了一片汪洋般的血池。

而遠處的樹林、掛著白色孝帕子的樹，也全變了模樣。

孝帕子變成了吊人脖子的繩子，每一根都吊著一具人類的屍體。那些人死得很慘，有的活活被勒死，有的腸穿肚爛，甚至有的整張臉皮都被掀了下來。孝帕子勒著屍體，有如蜘蛛似的吸食屍體的肉和體液。

而樹上的枯樹椏，居然變成了一隻隻的人手。那些手還活著，猶自在空中不斷的亂抓，彷彿極為痛苦。

這是多麼絕望的場景。

這些被吊死的人、那些被掛在樹上的手，或許就是誤入這片草地的亡魂。就算是死了，也無法逃離這兒。

吳超臉色大變，他轉身拔腿就逃。

可驚恐的他一轉頭，就更加絕望起來。

本應該在兩公尺外的馬路牙子，現在居然不見蹤影。只剩這血腥地獄在他眼中蔓延，無邊無際。

他耳邊全是恍如來自地獄的慘叫。

怎麼辦？該怎麼辦？該怎麼辦？

看著這血腥邪惡的風景，吳超束手無策。他後悔，後悔不聽夜諾的話，後悔往後看了一眼。誰能想到，只是那麼一眼而已。他就陷入了萬劫不復的地獄。

地上的血水如汪洋大海般，越來越深。吳超感覺自己正不斷往下沉淪，沒多久，他整個身體都陷入了血水中。血池黏稠猶如沼澤，一股巨大的吸力讓他無法掙扎，只能不斷的沉下去。

就在他無比絕望、命懸一線的時候。

一陣「嗚嗚嗚」的刺耳聲響由遠至近，很快來到了吳超頭頂的天空。

絕望的吳超愣了愣，他用恍惚的眼抬頭望起。他脖子以下全都陷入血水中。這血色世間遮天蔽日，見不到陽光。

就連天空，都是血腥的紅。

在那一陣嗡嗡嗡的響聲裡，血色的天空突然被硬生生的破開了一條縫。

在他震驚的眼神注視下，一個閃爍著刺眼流光的東西飛了進來。

那居然是一架無人機！

無人機原本白色的機身，被人用紅色的顏料畫上許許多多奇形怪狀的文字。這些文字吳超一個都不認識，只覺得很玄妙神秘，類似老家每到年關都會在門上貼的鬼畫符。

此時的無人機體表面，每一個文字都散發著光澤，這些光澤能將血光擋住，保持自身不被破壞。

闖入血腥鬼域的無人機懸停在空中，似乎正在搜尋什麼，當他看到吳超唯一留下的腦袋時，輕輕轉動方向，穩穩朝他的位置飛過來。

難不成這是來救我的？吳超眼睛一亮，連忙大喊大叫：「救命！快救救我。」

果不其然，在搜尋到吳超的蹤跡後，無人機全身精光大作，一道光照在了吳超身上。深陷血水，感覺自己的生命力在不斷流失的吳超頓時好受了許多。

血池翻滾，無數鬼哭狼號的慘叫響徹天際。伴隨著慘叫聲，一道道血浪沖天而起，直朝無人機拍過去。

說時遲那時快，從無人機的腳架上猛地落下幾張泛著黃光的紙符。

那些紙符一碰到血浪隨即炸開，再發出萬丈光芒，猶如煙花綻放，盛開出絕美的顏色。血浪像遇到了剋星似的被紙符擊退。

無人機不斷的從天空撒下紙符，紛紛揚揚的紙符在這血色世界產生了一波波的爆炸，強大的衝擊波不光砸碎了血浪，甚至將這暗淡的紅色天際也炸出了一道空隙。

在那空隙裡，天空露出了本來的樣貌。淡淡陽光從縫隙灑落。太陽照射的地方，黑暗無處隱藏。血池猶如被高溫融化的奶油，整個世界都在顫抖中搖搖欲墜。

無邊的血池中，不斷有厲鬼模樣的怪物衝出來，補填似的飛向天空，妄圖想要將那一絲裂縫堵住。可無人機哪會容它們得逞，又是一波符紙撒下，那些厲鬼頓時化為飛灰，煙滅在空氣中。

這玄幻的一幕，看得吳超目瞪口呆。

不久後，血色鬼域被無人機投下的符紙徹底摧毀。綠色的草地、乾枯的樹林再次重新回到吳超的眼眸中。

他僵硬的坐在草地上，看著距離自己只有兩公尺遠的馬路牙子。這荒山野嶺，這寂靜隆冬，和任何地方的冬天都沒有不同。

恍然剛剛發生的一切，就像是上一世的風景。

無人機再次找了一圈，沒發現危險後，這才緩緩落在吳超的身旁。雖然旋翼全停了，可機身上的符文卻依然散發著淡淡光澤。

這光澤讓吳超很有安全感。

「謝謝。」吳超對著無人機的鏡頭說了一聲謝。有無人機就代表有一個操縱它的人。而且這部小疆無人機的操控距離並不遠，它的主人，很有可能就在附近。

無人機鏡頭輕輕的上下晃動了一下，似乎對吳超示意，讓他在原地等待。

經歷了那絕命的遭遇後，吳超哪裡還敢動。他死抱著無人機，就像抱著保命符。

等了大約十多分鐘後，一名男子出現在馬路左側的盡頭。

那男子長相有點小帥，但渾身的氣質卻非常不凡。他面無表情，年紀看起來大約二十歲，板著撲克臉。男子的視線落在吳超身上，遠遠看著吳超安然無恙後，他彷彿鬆了口氣。

同樣感到劫後餘生，深深鬆了口氣的，還有吳超。

那男子走路速度極快，來到吳超所在的草地前時，他停了下來，並沒有貿然踏在草地上，而是用手掐了一個奇怪的手訣。

「鬼魅魍魎，還敢在此造次，還不給我滾開！」男子輕輕哼了一聲，用手訣點在了草地上。

那看起來平平無奇的草地突然就發出一陣哀號，接著地面震動，抖得吳超屁股生疼。像是有什麼無形的東西從草地上猛地湧出，朝樹林方向急速逃去。

「好了，站起來吧，我來了，你就安全了。」男子三兩步走到吳超跟前。

「謝謝。你就是夜諾兄弟吧？」吳超連聲道謝，問了一句。

這個時候，大概也只有昨晚透過彈幕隔空救了他的夜諾，才會找到這兒來。除了他，沒別人了。

「沒錯，是我。」夜諾微微點頭。

「奶奶的，這到底是咋回事。我好好的直播，怎麼就遇到了那麼恐怖的東西，早知道不在這樹林裡住了。」吳超哭喪著臉，他現在狼狽極了。

夜諾卻搖搖頭：「看來你還不知道你究竟遇到了什麼，其實並不是草地和樹林有問題，而是你被詛咒了。」

「什麼意思，什麼詛咒？」吳超愣了愣。

「你跟我來。」夜諾對他招招手，示意他跟著自己一同去樹林裡。

吳超猶豫了一下，對那樹林他有深深的恐懼感，可不去的話，又怕自己獨自一人留下會遇到危險，所以還是跟著夜諾過去了。

樹林仍舊是那麼猙獰可怖，真的走進來後，吳超才發現，樹上纏著的孝帕子比自己想像中更多。足足有上百棵樹都掛著這種長白布。

「這些孝帕子是不久前，才掛上去的。有人特意在你前進的路徑上，掛了這些東西。」夜諾用手扯下一張孝帕子。這白色的布泛黃，像是被風吹雨淋很久了。但被它拴住的樹幹上，分明還有新鮮的青苔。

因此，孝帕子掛上去的時間，不超過三天。

看清楚後，吳超大驚失色：「我和人無冤無仇，是誰要害我？」

他是真的百思不得其解。這麼多年他都在伺候病重的父母，幾乎沒和別人有啥交集。就算是有人想害自己，也該要有個理由啊。

到底是誰那麼殺千刀，要弄死自己。

夜諾看著這些孝帕子，淡淡道：「害你的人可不簡單，他用這些處心積慮收集來的孝帕子，在這地方開了天門！」

「開天門？天門是什麼東西？」吳超眨巴著眼睛問。

「天門在許多地方民俗中都有，例如客家文化裡，每年都會用特殊的祭祀和儀式，打開天門。讓天上的神仙下凡，接受凡人的拜敬以及香火。」夜諾解釋道：「但這裡開天門的方法非常邪惡，應該是川渝一代的手法。俗話說用香火供奉可以請仙，而用帶著死氣的物件供奉，就會請鬼。

「這孝帕子是只有葬禮才會戴的東西，沾滿了死亡氣息。而這孝帕子纏著的樹，也很有講究。那個想殺你的人，對此研究很深。將這活活佈置成邪氣十足的穢陣，天門未開，鬼域降臨。你從昨晚一踏入這片草地開始，就已經陷入了鬼域中。還好我來得及時，否則晚了，天王老子也救不了你。」

吳超臉色青一陣紅一陣，沒想到自己竟然陷入了如此凶險的地方。

「想要殺死你的人，對你的恨意可不輕。他那麼痛恨你，肯定是認識你的人。對這個人，你有沒有什麼眉目？他究竟是誰？」夜諾問。

吳超挖空腦袋回憶了片刻後，最終緩緩的搖了搖頭，苦笑道：「夜兄弟，你就別為難我了。我生活簡單，就連當主播，也才當了三個月而已。我不要說兄弟朋友了，就連親戚也是死的死，散的散，孑然一身，我這種人，誰會屑與用這麼大的陣仗花那麼大的力氣來害我？」

夜諾來的時候也調查過吳超的生平，他這個人的人際關係確實簡單，命運也很苦悶。確實如同他所說，他沒得罪過人，也沒朋友。

兜兜轉轉，難不成還是直播的問題？可那邪惡詛咒的標準是什麼？對此夜諾仍舊抓瞎，穢物不可能無緣無故的詛咒人。而且這利用孝帕子打開的天門，明明用的是邪法。背後絕對是有人類在搞鬼。

穢物傳播詛咒，人類佈置陷阱，促使詛咒的蔓延。人和穢物攪和在了一起，讓夜諾更加頭痛，更加看不清真相。

哎，太麻煩了，這叫啥事兒啊！

夜諾三兩下將詭異的天門破解，解除了隱患後，又從樹上扯下一張孝帕子放入背包中。他想從這孝帕子入手，看能不能有其他的發現。

其實對於水晶直播的主播異常死亡，夜諾也讓伏羲水鏡幫忙搜集資料。從伏羲水鏡傳來的資料看，好幾個有被詛咒嫌疑的主播，他們失蹤前，或死亡時的直播影像，似乎都出現過類似孝帕子的東西。

例如史艾遷的朋友李俊，他在直播自己老爹釣魚時，就在黑暗的死亡竹林裡，釣上一張類似孝帕子的白布。

隱藏在背後的真兇，究竟利用孝帕子擺下怎樣的局？夜諾可不覺得，他的目的會簡單。這些孝帕子扮演的角色也很可疑。值得深入的查一查。

弄得差不多後，夜諾轉身看向吳超：「這裡不是說話的地方，我有一些問題想問你，十公里外有一個小鎮，我們找個地方邊吃早飯邊聊。」

昨晚夜諾暫時解除吳超的危機後，立刻馬不停蹄連夜往這地方趕，早就渴了餓了。

吳超點點頭，聽話的跟夜諾走。

夜諾騎著一輛共享單車，看得吳超直咂舌。聽夜諾說，他是從春城過來的。奶奶的，這可不得了。春城離自己所在位置大約有兩百多公里，夜諾居然騎著超難騎的共享單車，騎了一晚上來找他。

要知道，這裡可全是上坡路，而且極為偏僻。

吳超又感動，又好奇，問出了自己心裡最大的疑惑：「夜兄弟，你是怎麼知道我在這兒的，我應該沒告訴過你我的位置吧？」

夜諾一邊踏著共享單車一邊道：「你的位置很好判斷，正常人只要費點心思都很容易找出來。因為參照物很多，利用環境對照的三要素就行了。例如，你看這裡的樹種，以針葉松和柏樹為主。針葉松上沒有掛松蘿，證明這裡的海拔不超過三千公尺。但也不會太低，太低這兩種樹就很難混種了。所以，我推測你所在的地方，海拔最多兩千六百公尺左右。」

「而我來之前特意看了你以往的直播紀錄，你這個人太孤僻了，遇到村莊就躲開，每天也就直播點吃吃喝喝，到處鑽洞露營的影像。害得我根本就沒辦法準確定位方向，只能繼續猜測。你五天前說經過春城，以你的速度，應該還沒離開春城太遠。

「可春城是個盆地，周圍全是山。海拔兩千六百多公尺以上的小山，一共有三百一十八座。

「而你附近的針葉松和柏樹都是防風人造林，排除沒有類似人造林的山，直接可以除掉一百一十八座。那目標就只剩下兩百多個而已。

「再看，昨天你騎車經過的那條馬路，是標準的雙向車道。國道和省道不可能這麼窄，所以只能是縣道。這樣一來，目標就只剩下八十個。

「我繼續利用排除法，在這八十個目標中，調查最近幾年發生過嚴重交通事故，且有載著水泥的貨車翻車的位置。那麼選擇就更少了。

「最終，我用了足足十多分鐘，才確定了你具體的位置，匆忙趕了過來。如果不是你這個人直播時不愛說地點，否則我還能來得更早點。」

夜諾說得輕鬆，但是聽得吳超內心只有兩個詞不斷循環，一個詞是「臥槽」，另一個詞是「牛逼」。

你奶奶的，這完全不簡單好不好？正常人根本不可能只憑著這些線索推導出來好不好。還一臉嫌棄的覺得自己花了十多分鐘才找到很丟人。

這人和人的智商，怎能有那麼大的差距？

這夜諾兄弟，到底是什麼人？有神秘莫測的力量就不說了，腦子還那麼好！他讓普通人還咋活？

夜諾帶著吳超來到附近的鎮子，找了一家早點店，隨便對付幾口後，夜諾手一攤：「你叫吳超對吧，把你手機給我看看。」

吳超苦笑：「夜兄弟。不瞞你說。我這手機就像長在我手上了，根本就取不下來。」

「我來試試。」夜諾眼中閃過一絲精光，在他眼中手機裡湧動著無數喧鬧的黑色骷髏頭。這些骷髏頭張開嘴，將吳超的手掌咬住，把他和手機牢牢的固定起來。

不過，這不難解決。

夜諾掐了個手訣，說時遲那時快，左手一把抓住吳超的手腕，右手輕輕點在手機上。吳超只感覺自己的手被電了一下，下意識的張開五指。

就在這時，手機上猛地衝出了一股黑煙，無數張牙舞爪、鬼哭狼號的骷髏頭衝了出來，像被捅了馬蜂窩似的，猛地分為兩股。

一股朝著吳超，一股朝著夜諾，當頭罩了過來。

手機裡的詛咒被觸發了，那詛咒要讓吳超死，要將詛咒蔓延，附身到夜諾身上。這很標準的流程夜諾哪裡還不熟悉，他冷哼一聲。

「嘆息之壁。」一道淡淡的光芒頓時出現在夜諾的手臂上，嘆息之壁展開，光朝詛咒穢氣削過去！

幻化為黑色骷髏頭的詛咒，毫無懸念的被嘆息之壁彈開。夜諾皺了皺眉頭，突然發現吳超手機中的詛咒，似乎和史家的有所不同。

整個詛咒都透著怪異，而且也更靈動，裡邊彷彿藏著某種意識。

夜諾絲毫不手軟，用嘆息之壁不斷的反彈詛咒，當將詛咒削弱得差不多時，他立刻用翠玉珠將弱小得快要消散的詛咒收進去，等有空再研究。

「好了，詛咒解開了。」夜諾鬆開死握著吳超胳膊的那隻手。

話音剛落，吳超驚訝的發現，彷彿黏在手心的手機，竟然真的從手上脫離了。手機啪嗒一聲落在餐桌上，而更令人驚喜的是，本來無法關閉的直播間，自動關掉了。

而這手機像是耗盡了某種東西，螢幕漆黑，如死了似的。

吳超大喜：「謝了夜兄弟，你都救我多少次了，我真不知道該怎麼感謝你。」

夜諾擺擺手：「我不用你感謝，只想請你提供一些線索。這詛咒，肯定是從你直播後，才沾染上的。你仔細回憶一下，自己為什麼會被詛咒？你直播的三個月中，有發生過某些超越你常識，或者令你感到奇怪的怪事嗎？」

吳超仔細回憶後，仍舊疑惑的搖頭：「我不覺得我遇到過怪事。對了，會不會是那個紅色彈幕在搞鬼？」

「紅色彈幕？」夜諾愣了愣：「你是說，在你直播時，有個發紅色彈幕的人，在跟你聊天嗎？」

那紅色彈幕，夜諾也看到了。這個人，確實有問題。

「對，就是那個人。那傢伙現在想來，很奇怪啊。在我住進草地前，那神秘的觀眾打賞了我十枚火箭，還勸我不要往前走，會死。之後，又讓我住在那片草地上。天門是不是就是他開的啊，那些孝帕子會不會也是他掛上去的？

「就是他，想要害死我？」

吳超越說，越覺得可能性很大：「而且夜兄弟，你或許不知道。阻止我關掉手機的，同樣是一條紅色彈幕。兩者中間要是沒有啥關聯的話，我可以把面前的桌子啃乾淨。」

夜諾抓起吳超的手機，想要開機看看直播平台的後台。可是無論如何，手機都無法正常開機。

手機，像是壞掉了。

夜諾皺了皺眉頭，陷入沉思當中。

雖然發紅色彈幕的人很可疑，但吳超，夜諾總覺得他似乎沒怎麼說實話。根據自己的觀察，吳超手機上的詛咒顯然不是最近幾天沾上的。吳超跟這個詛咒扯上關係，至少有一個多月了。

可為什麼詛咒偏偏昨晚才在他身上發作？難不成那白色的孝帕子，是啟動詛咒的關鍵？

不，不對。

孝帕子雖然邪氣十足，可那些詛咒，和它並沒有必然的關聯。

繞來繞去，最後夜諾還是將注意力落在了紅色彈幕的主人身上。那個人究竟是誰？這些孝帕子，很明顯，是他根據每個受害主播的直播特點，提前設置好的。

但是，他佈置這些孝帕子的原因和目的，到底是啥？

詛咒在水晶直播的生活區蔓延，這種詛咒是非觸發式的，哪怕沒有孝帕子來咒殺吳超，吳超最後還是會被詛咒弄得崩潰，被吸乾生命力慘死。

顯然，佈置孝帕子，只是多此一舉而已。最主要的是，雖然同樣用的是紅色彈幕。但在直播間中和主播交流的那個人，與禁止主播關掉直播的冰冷沒有人類感情色彩的紅色字幕，有本質上的區別。

那個人，是真正的人類。

在先前的調查中，夜諾發現那發紅色彈幕的人，和許多直播主說過話、大手筆的打賞過。但無一例外，那些主播，全都在當天離奇失蹤，或是遇害了。

這很難不令人懷疑，發紅色彈幕的人是幕後的主使者。不過，夜諾總覺得答案並沒有那麼簡單。

或許真相背後，還隱藏著更加駭人，更加不為他所知的東西。只是現在線索太少，他勘不破緣由。

不過有一點夜諾能夠肯定，就算那紅色彈幕的主人不是幕後真兇，他也必定知道詛咒的底細，甚至清楚詛咒背後躲藏著的穢物的行蹤，以及目的。

而自己的首要目標，就是將其揪出來。最好是能找到他在吳超手機直播後台上留下的 IP。

可現在這條路暫時走不通。畢竟吳超的手機和其他手機一樣，除穢後就壞了。如果能想辦法將手機修理好，或許……

「唉，太麻煩了。」

夜諾嘆了口氣，用力的揉了揉頭髮。要做的事情實在太多，他有點應接不暇。鬼知道，現在在水晶直播上，還有多少主播被詛咒了，正陷在死亡威脅中，卻不自知。

他前些日子讓伏羲水鏡幫自己查一些東西，伏羲水鏡曾給過他一張單子。那是最近一個月離奇死亡或者失蹤的名單。

有一條很明顯的時間線，那就是四十天前。

四十天前，出現了第一個受害者。一個叫王輝的主播在安西直播低價旅行團時，失蹤了。屍體至今還沒有找到。

之後，詛咒事件就如同雨後春筍般，冒芽似的不斷往外冒。

遭到詛咒的主播非常多，涉及面也非常廣。不光是安西，就連四百多公里外的重城和七百多公里遠的春城也出現了受害者。

一個月內，遇害主播高達四百多人。

每一個都是活生生的人命，並非冰冷的數字。

而詛咒最初的源頭，夜諾至今仍沒有搞清楚。四十天前，到底發生了什麼？而王輝的失蹤，會不會正是踩爆詛咒的那顆地雷？難不成正是他，將散播詛咒的穢物給放了出來？

但為什麼詛咒是以直播的方式傳播？而又為什麼，被詛咒的都是主播？看影片的觀眾，卻無一死亡？

「夜兄弟，你還有沒有啥事情要問，沒有的話，我要先走了。」見夜諾的臉色陰晴不定，吳超說。

「那行，咱們就此別過吧。」夜諾心不在焉的點點頭。

「好，江湖再見。」吳超再次感謝夜諾的救命之恩後，兩人一起走出了早餐店。

就在這時，夜諾的手機響了，是伏羲水鏡發來的郵件。夜諾迅速看完後，神色頓時變得有些怪，他突然叫住正準備離開的吳超。

「吳兄，你認識劉濤、張陽和李霞嗎？」夜諾冷不丁的問。

吳超愣了愣，然後搖頭：「不認識，他們是誰？。」

「沒，只是隨口一問而已。你趕緊回家吧，不要再繼續當主播了。回老家好好找份工作，娶個婆娘。踏踏實實過普通的日子其實也挺好的。」看著這張明明挺年輕，卻因為長期操勞、面色發黃的瘦弱男子，夜諾沒多說什麼，只是揮揮手。

兩人朝著相反的方向，各走各的路。

然而夜諾走了一段後，繞了個圈，朝吳超離開的方向追了過去。

吳超這傢伙鬼鬼祟祟的一路都在東張西望，顯然是在偷偷觀察有沒有人注意自己。他先找了間二手店，將自行車和行李通通賣了，又買了一張最近一班去安西的火車票。

「這傢伙，心裡有鬼啊。」夜諾在心裡冷笑，除了被詛咒的手機外，吳超還有另一支手機，他正用那支手機不知和誰聯絡著，而且表情隨著情緒起伏而不斷變化。早就對吳超起疑的夜諾一路追著他到了安西。

吳超根本沒心思遊覽千年古都安西。他火燒屁股似的，一下火車就直奔車站附近的一條小巷。

這傢伙在一間破爛不堪的平房前停下腳步，再次觀察了四周，發現附近沒人後。他這才輕輕的敲門。

門內傳來了好幾個人的聲音：「誰！」

聲音又緊張又戒備。

「是我。」吳超回答。

「進來吧。」門吱呀一聲敞開了。

吳超走進門後，迅速將門關牢。

夜諾找了個僻靜的地方潛伏起來，他在耳朵上施展了一個除穢術，耳朵頓時聽力大增，房子內發生的一切動靜，都事無鉅細的傳入耳中。

屋子中大約有四個人，只聽吳超一進門就慌慌忙忙的說：「兄弟們，劉濤、張陽和李霞全都死了。」

這幾個名字，分明是夜諾早晨特意問過吳超，而吳超矢口否認說不認識的人。顯然，這三人他不僅認識，而且還很熟。

屋中的其中一人嘆氣道：「我們已經知道了，但你怎麼沒死？我昨天看了你的直播，你怎麼逃過那詛咒的？」

顯然，這幾人很清楚自己被詛咒了。但吳超哪怕面對救了自己好幾次的夜諾，依然選擇撒謊。

這些人，藏著的秘密絕對不簡單。

「我被偶然路過的高人所救，躲過了一劫。」吳超這老實人，偽裝得天衣無縫，張口就是瞎話。

屋裡的人頓時大喜：「那個高人呢？他既然能救你，那也能救我們。快把那高人的聯絡方式給我們，我們去求他。」

「高人只是路過而已，救了我後，大名都沒留下便離開了。」吳超聲音裡滿是遺憾。

聽到這兒，夜諾又是一聲冷笑。不知道吳超打的是啥主意，顯然，他鬼心思不少，和屋子裡的三個所謂的朋友也不是一條心。

至少，他鐵了心要見死不救。

吳超口中死掉的那幾個人名，夜諾也是剛調查清楚。這些全都是水晶直播上的主播，而且他們和吳超在同一天，都在安西直播過。

不過這些人失蹤的失蹤，死亡的死亡。可他們屋裡的其餘三人以及吳超，和這些死亡的主播之間到底有什麼關係？

這些人提及劉濤、張陽和李霞的名字時，語氣裡全是兔死狐悲的悲傷。那悲傷不是在替死者悲傷，而是為自己。

還有，吳超不救同夥，到底有什麼打算？

就在夜諾想要乾脆闖進屋子問個清楚的時候，突然，他聽到離屋子不遠處陡然傳來了一陣「窸窸窣窣」的聲響。

夜諾愣了愣，輕手輕腳的潛行過去。只見屋子外，一名戴著眼鏡大約二十來歲的年輕男子，形跡鬼祟。

最讓夜諾意外的是，那眼鏡男的右手上搭著幾張孝帕子。而他正將這些孝帕子偷偷摸摸的往屋子的牆上掛。

夜諾臉色一變，身影如風，迅速朝那眼鏡男抓了過去。

他的速度極快，眼鏡男的反應也不慢。

眼鏡男直感到一陣風從背後颳過來，他嚇了一大跳，下意識的拔腿就跑。

夜諾哪會讓他逃掉，他迅速在手上掐了個急行咒，拍在雙腿上。頓時，他的速度又快了一籌。腳底生風，耳畔風聲呼嘯，眼看就要抓住那眼鏡男了。

眼鏡男大感不妙，連忙抓起一條孝帕子朝夜諾腦袋上扔過去。

孝帕子在空中猛然活了過來，張牙舞爪的想要將夜諾罩住。

「滾開。」夜諾從懷裡掏出一張符咒，貼在孝帕子上。猙獰可怖的孝帕子就這樣熄了火，軟啪啪的落到地面。

「臥槽！這也行，遇到高人了。」眼鏡男臉色大變，他第一次遇到無往不利的孝帕子被除穢，不由得道：「你誰啊，幹嘛壞我好事？」

「好事，什麼時候殺人也叫做好事了，難道這世界變化太快，我落伍了？」夜諾哼了一聲。

眼鏡男還在嘴硬：「我哪裡殺人，你哪隻眼睛看到了？」

「你小子還死不認帳。水晶直播上生活區裡每一個失蹤和死亡的主播，出事之前，或多或少都遇到過這種白色的孝帕子。你特麼手上有一大摞，還說這背後不是你在搞鬼！」夜諾瞪他一眼。

「和你扯不清楚。」見夜諾似乎知道自己一些事，眼鏡男更急了，也不再多說，只不斷的將手中的孝帕子往夜諾扔。

但奈何夜諾，身手敏捷手段繁多，他拋出的那些污穢不堪、邪惡無比的孝帕子，顯然遇到了剋星。

飄到空中的孝帕子還沒有展現出可怕的一面，就被他出手除穢。

「該死！」瘦弱的眼鏡男，體力不是強項。逃了幾分鐘後，他實在跑不動了，氣喘吁吁的扶著牆大口大口喘氣：「投降，投降。老子跑不動了。」

手中的孝帕子阻止不了夜諾，而自己顯然也打不過夜諾，這眼鏡男也光棍，直接舉手投降。

夜諾俐落的將眼鏡男五花大綁後，就近找了間空房子將他扔在地上。毫不客氣的把眼鏡男全身都搜了一遍。

這傢伙身上帶的東西不多，也就是一支手機，還有一個裝孝帕子的口袋。這麻布口袋泛黃，顯然有些年頭了。最引人注意的是，口袋上密密麻麻，畫滿了某種奇怪的文字。這些文字的油墨極為暗淡，應該是用某種動物的血製作。

只是這些字，夜諾也不認識。

夜諾觀察了麻布口袋幾眼後，又將眼鏡男的手機拿起來。

「不要，千萬不要動我的手機。」眼鏡男面如死灰的慘叫一聲。

夜諾沒理他，用他的手指按在螢幕上，將手機解鎖。

手機解鎖後，夜諾一怔，隨後露出了興奮的笑容。整支手機的主介面上，就只有一個程式，那就是水晶直播。

登入直播程式，夜諾眼前一亮。

好傢伙，天堂有路你不走，地獄無門你闖進來。出現在許多失蹤和死亡的主播的直播間的，那個紅色彈幕的主人，終於被夜諾找到了。

好巧不巧，尋尋覓覓，夜諾還沒去找他，他反而自己撞到了槍口上。

—10— 那四十天前的詛咒真相

網路的無遠弗屆，會將任何人的距離拉得更近，也會讓任何人變得更遠。就一如艾賓浩斯錯覺，明明是兩個同樣大小的圓，可放在大小不同的圓中心，你就總覺得它們不一樣了。

就例如現在的夜諾，明明抓住了眼鏡男，他卻老是感覺到心悸。總覺得眼前的眼鏡男，不過就是個普通男子而已。但眼鏡男絕對是有問題的。

問題來了，是什麼讓他產生了錯覺，是他身上的那些孝帕子嗎？

夜諾搖了搖頭，將猛然出現的疑惑甩掉。眼鏡男見夜諾沒受到影響，不由得慌了。

「你讓我找得好辛苦。和主播們失蹤或死亡前發紅色彈幕交流的就是你，你現在沒辦法抵賴了吧？你為什麼要這麼做？這些孝帕子，你從哪裡搞來的？是你咒殺他們的？」

夜諾連珠炮般的發問。

眼鏡男眼神閃爍，搖頭道：「我從來沒有害死過別人，我是在警告他們。」

「警告？」夜諾冷笑一聲，這傢伙還在死鴨子嘴硬：「昨晚你讓吳超住在那片草地上，又用孝帕子佈置穢陣。他差點命喪黃泉，不是我出手，他早死了。你這也叫警告？」

眼鏡男臉色變了幾變後，頹然道：「對不起，對不起。我如果不這麼做，我也會死。」

「你會死？」

夜諾皺了皺眉頭，接著如閃電般將眼鏡男的手腕握住。體內的除穢器探入眼鏡男的身體，猛地夜諾神色大震。

眼鏡男體內充斥著暴虐的穢氣。這穢氣，絕不應該出現在人類身上。這傢伙表面上是人，實則已經開始不可逆轉的穢物化了。

那些瀰漫在各個主播間的詛咒，似乎只有一個目的，那就是不斷的充盈主播們的身體。這些詛咒並不置人於死地，甚至不會傷害人類的身體。它們在人類體內茁壯成長，讓人身強體壯。

這一點，早在夜諾為史家除穢時，就已經發現了。昨天救了吳超後，他也檢查過吳超的身體，吳超體內同樣有看似無害的穢氣。

只不過這股穢氣，在眼鏡男身上更加的強烈巨量。而每當詛咒之氣溢散，眼鏡男身上的孝帕子，就會將詛咒氣息封住，不讓它離開。

巨大的詛咒流淌在眼鏡男的四肢，已經湮滅和替代了他的心肺、臟器和血液，雖然沒有傷害他，但一旦那些穢氣消失，他也活不成了。

更可怕的是，在眼鏡男體內的這奇特現象。讓夜諾想到了一種食物，法國最著名的鵝肝。

知道的人都知道，鵝肝的製作非常不人道和殘忍。

據說傳統鵝肝醬，是用細鋼管經過鵝的食道直接插至胃部，將玉米等飼料注入牠的體內，且這些動物終其一生，不能自由活動。如此，鵝的肝臟才會不斷脹大，充盈滿蛋白質和脂肪，產出的鵝肝才足夠肥美。

眼前眼鏡男的狀態，給夜諾的感覺，正是人類的鵝肝醬。似乎正有人刻意的投餵眼鏡男，等待他成熟到足夠肥美時，最終汲取他，用來大快朵頤。

不，或許不只是眼鏡男，而是所有被詛咒的主播，都是躲在幕後的穢物精心培育的食物。

這穢物到底是啥東西？居然能利用詛咒將人類圈養、催熟，當作食物。

「你的身體到底是怎麼回事？」夜諾憤慨的問。

「你察覺到了？」眼鏡男苦笑：「這位兄弟，我不知道你什麼來歷，但我看你也是有大本事的人，如果再不去救吳超他們，他們現在應該已經被吃掉了。」

「什麼意思？」夜諾一驚。

「就是字面上的意思。」眼鏡男的口氣不像作假。

「乖乖待在這裡，我回來再盤問你。」夜諾相信了，為了防止眼鏡男逃脫，他迅速用腳在地上畫了一個除穢陣，這個除穢陣雖然簡單，但至少眼鏡男絕對解不開。

他再次警告眼鏡男後，身影如電，迅速朝吳超四人待著的屋子衝過去！可當他進屋後，卻撲了個空。

不要說另外三人，本來已經除穢成功的吳超，也不見蹤影。但他們又自始至終沒有離開過，因為屋子裡分明沒有任何人離開的痕跡。

人，去哪兒了？真的如同眼鏡男所說，被吃掉了？

「尋跡術。」夜諾並沒有找到線索，他思忖片刻後，在地上畫了一個除穢陣。

這尋跡術是博物館特有的術法，世間難得，必須要配合遺物看破使用。

在看破的引導下，尋跡術就像水波一樣，一波一波的氾濫在地面。十五分鐘前發生在這屋子裡的一幕幕，漸漸變得清晰。除穢術和看破一同，不斷的分析周圍的環境、土壤，和空氣的流動，然後將不久前的景象重現成虛無縹緲的畫面。

畫面因為屋子裡強烈的穢氣干擾，並不清楚。

只見包括吳超在內的四名男子，在夜諾追眼鏡男時聽到了動靜，他們非常有警覺心，一怔就明白暴露行蹤了。四人正想逃走，突然間，其中一個男子整個人突然像被什麼咬住似的，身體斷成兩截。

他的血液還沒有灑到地上，就那麼在空中消失，隨之消失的還有他斷裂的身體。緊接著，其他幾個主播，也同樣慘死當場，彷彿被一張無形的大口吞噬。

「怎麼可能，我身上的詛咒明明已經除掉了，怎麼會！那怪物怎麼還會出現？」吳超一陣毛骨悚然。同樣毛骨悚然的，還有夜諾。這穢物實力強大，竟然能在尋跡術中隱形不說，光透過追溯看到它的投影，都能覺得猙獰恐怖。

吳超轉身就想逃，屋子裡，一雙在陰暗中的眸子睜開，疑惑的看了他一眼後，迅速張開無形的大嘴咬住了他。

他的身體被拋到空中，伴隨著一聲慘叫，吳超也消失不見了。夜諾眼睜睜看著四人在幾分鐘之內被吞噬，他雙手緊握成拳，憤怒得青筋暴起。

這穢物好大的膽子，好可怕的邪氣。

他在尋跡術的指引下，找到了另外三人的手機。那些手機上同樣只有一個 APP 軟體，那就是水晶直播。他們三人的身分確實也都是生活區的主播。

之後，拿著這幾個人的手機，他回到關著眼鏡男的屋子中。將手機甩在他臉上，抓起他的衣領，惡狠狠的問：「把事情的前因後果，通通告訴我。只要你有一句假話，我就在這裡殺了你。已經死多少人了，你難道不知道？這詛咒背後的穢物，你肯定知情。別再說你不清楚了。」

「我怎麼可能不知情。」眼鏡男又慘笑道：「那四個人已經被吃掉了吧。」

夜諾沉默。

眼鏡男深深的看了夜諾一眼：「兄弟，如果你想知道真相的話，我可以跟你做一個交易。我——」

沒等他將話說完，夜諾就打斷他：「我沒興趣跟你這種人做交易。你今天想說也得說，不想說也得說。否則——」

夜諾的視線飄到了眼鏡男帶著的孝帕子上。這傢伙就連內衣中也裹滿了白色的孝帕子。

「如果我把這些孝帕子扯掉，你猜猜看，有什麼好事會發生在你身上？」

「不要。」眼鏡男頓時臉色煞白，恐懼的尖叫：「我說，我說，我啥事都通通告訴你。」

夜諾坐回對面的椅子上：「快講。」

眼鏡男苦笑道：「四百七十一人，那怪物已經足足吞掉了四百七十一人。每死一個人，我都會記在我的小本子上。因為我知道，距離自己被它吃掉，就又近了一步。」

他長嘆了口氣：「不錯，我確實知道些真相，但難道你以為那些死掉的主播，他們就不知道真相了嗎？但是誰告訴你，誰敢告訴你。他們的死，包括我，都死在了自己的貪婪上。」

「什麼意思？」夜諾覺得眼鏡男話中有話。

「你以為當主播容易嗎？主播這一行，幹得比誰都辛苦，工作時間比誰都長。但是收益卻比誰都少。在這片紅海中，本來能賺錢的就少之又少。而廣大的底層主播只剩下夢想破滅後的掙扎，以及一地雞毛。」

眼鏡男瞳孔佈滿了血絲，他似乎壓抑已久，這番話幾乎是在怒吼自己的不甘心。

這眼鏡男，原名叫周傑，也是水晶直播上的一名生活區主播。他的直播內容，是在野外直播造房子。他曾經在水晶直播上做得有聲有色，甚至還擁有一個屬於自己的私人小團隊。

不過這一切都是虛妄，因為他能成功當上腰部主播，賺到錢，也不過是最近的事。甚至那都不屬於周傑的功勞。

那件事，確實如夜諾所猜測，發生在四十天前。

當一名主播，或許是現在年輕人的潮流。許多充滿夢想的人，都覺得這是條捷徑。

甚至連每年公布的十大最有前途的新型工作中，網路主播直播帶貨這個行當，也被評為熱門之一。

但當你真的一腳踏入這行後，才會發現，當主播的每一步都舉步維艱。路上有許多坑在等著你。

周傑，他和千千萬萬的主播一樣，作為新人小主播，沒有什麼流量。在他的直播間裡，任憑他如何賣力的精心準備內容，觀眾也不過寥寥幾十個人。甚至有的時候，他苦苦直播了一晚上，嘴都磨出泡了，也才只有幾個人觀看。

那些媒體宣揚的，動輒一個月幾百萬、上千萬的收入，與他們無關。周傑直播了一年多，大多數時候，月收入只有幾百塊，甚至糟糕的情況，只拿得到幾十塊錢。

這給了他當頭一棒。

有同樣遭遇的底部主播們不計其數，他們吃著頭部主播的殘羹爛飯，不要說生活，想生存都困難。

直到周傑等等主播們聽到了這麼一個傳說。

傳說在春城、重城以及安西的交界處，有一個在地圖上都找不到的村子。

那個村子極為神秘，沒有路能通行。但村子正中央的祠堂裡，供奉著一個神奇的靈牌，而靈牌供奉的是直播之神。

只要從事網路主播的人向靈牌供奉、祭拜、許願。他的人氣就會暴漲，變成當紅主播，年入百萬千萬、迎娶白富美嫁給高富帥，成為人生贏家不是問題。

這個流言不知是誰流傳到水晶直播的論壇上的，非常的可疑。但受難於流量之困，看不到出路的主播們，紛紛開始尋找起那個村落。

周傑同樣看到了那篇發文。他其實完全不信，只是抱著試試的心態。畢竟哪怕找不到那所謂的直播之神的靈位，這也是很好的熱播點，所以周傑馬上收拾行李就去了。

由於離那個三界交界處的神秘村子很近，他租了輛摩托車，開著直播軟體向直播間僅有的幾十個粉絲預告自己的行程。

觀眾們似乎也很感興趣。

據發文的神秘人說，那個靈牌是唐國最古老的直播之神的靈位。

但是發文的人並沒有說那個所謂的直播之神，到底是古代的誰？周傑確定這傢伙在胡說八道，因為只要有理智、讀完小學的人都清楚，直播這行當在唐國也不過才十多年的歷史而已。

那個村莊，只要根據發文者給的線索就很好找。沒出啥岔子，周傑在春城的邊界找到了那個地方。

村子的入口處，孤隱村三個大字蒼勁有力，歷經許多年的風吹雨打，依舊嶄新。

但這個村子確實不存在於地圖上。

周傑之後查找過關於孤隱村的資料。

這村子據說早在上世紀五六〇年代，就因為某種原因，全村所有人都失蹤廢棄了。而那個村子從事的產業，別說，還真和現在的直播有點關係。

只不過那層關係，很不上檯面。

孤隱村貧瘠，由於高山地貌、水土流失很嚴重，所以糧食匱乏。村民們只能常年挨餓，於是，這些村民們經年累月下，另闢蹊徑找到了另一種生存方式。

村裡的人成年後，會在同村中尋找伴侶，村人不外嫁。結成夫婦後，兩人就帶著一小袋糧食，出門打工賺錢。

而那所謂的打工究竟是什麼，就算是極有想像力的人，也完全想不到。人有三大欲望，而孤隱村的人，利用的就是三大欲望中的其一。

孤隱村的小夫妻進入大城市後，男的當皮條客，女的當妓女。

但他們賣淫的方式，與旁人不同。丈夫偷偷的在人流密集處招攬生意。等嫖客夠多了，就向每人收取一塊錢，讓嫖客在他們下榻的旅館房間外等著。

到這時，丈夫就將牆上的板子挪開，只見那牆上，赫然有一排一排的小洞。而嫖客們就在一牆之隔的外邊，透過這小洞，看現場直播。

孤隱村的小夫妻，在床上翻雲覆雨，極盡所能的用各種姿勢，務求令嫖客們看得過癮。如果有大方的嫖客願意打賞幾塊錢，小夫妻也會按照這位大方嫖客的要求，解鎖指定的姿勢。

在嫖客們永遠都不會碰到妻子的情況下，小夫妻倆反而能比單純的賣淫賺到更多的錢。

這和現在的某些黃色直播，簡直有異曲同工之妙。

就這樣，孤隱村在那艱苦的深山中，利用這種方式賺取了大量的財富。

但孤隱村的村民卻在最鼎盛時，不知為何，一夜間突然消失得乾乾淨淨。彷彿被一雙大手從世間抹掉般。對於這件事，網路上僅存少量的資料，但卻眾說紛紜。

周傑進村子時，正好起了大霧。哪怕是中午，濃濃的霧都將進村的路遮蓋，視線所及全是白茫茫的翻騰水氣，見不到遠處。整個偌大的空間只留下周傑摩托車的引擎發出的微微顫抖聲。

難怪這裡叫孤隱村，這村子位居深山海拔三千多公尺的位置，常年被雲霧縈繞，顯得極為詭異。

空寂無人的深山、破爛的青石板，一棟棟當年極為氣派，現在卻破爛不堪的房屋似乎就是孤隱村的全部了。

而彷彿抓住了救命稻草一般，連夜趕到孤隱村的主播並不只周傑一個。在周傑進入孤隱村後，陸陸續續又有許多主播來了。

他們找到了孤隱村的祠堂，果不其然，祠堂的正中央擺放著一個特別的靈位。那靈位居然有兩公尺高，上面雕刻著繁複的符號，製作極為精美，古樸又神秘。彷彿在靈位上蒙著一層神奇的魔力。

而靈牌上的文字，周傑只是模模糊糊的認識幾個字，大概是故顯考、還是天地君親師啥的。

但最重要的，關於靈牌的用途，以及靈牌的主人究竟是誰，在孤隱村的地位如何？卻模糊不清。彷彿被誰在許多年前，刻意用尖銳的物體刮掉了。

周傑等主播們都覺得這村子有點詭異，但來都來了，大家抱著試試的態度，跪拜在靈牌前，磕頭祭拜許願。然而期間並沒有發生神蹟一類的跡象，他們有點失望，紛紛離開了孤隱村。

之後怪異的事真的發生了。

那些祭拜過牌位的小主播們，本來只有數十粉絲的直播間，陡然流量暴漲、曝光率暴增。

甚至有人一夜間，增加了一萬多粉絲。

如果只是一個兩個主播如此，還能說是偶然，但所有主播身上都發生了這驚人的效果。

這令所有主播都狂喜不已，直呼果然有直播之神，直播之神顯靈了。他們終於有了出頭之日。

這些嚐到甜頭的主播，又在水晶直播上私信要好的主播們。最後一傳十，十傳百。但這個消息，始終只在水晶直播的主播間交流。

去孤隱村祭拜直播之神的主播，頓時更多了。

而周傑本來枯燥的直播間，也開始不斷有觀眾湧入，他覺得自己簡直太厲害了，不論直播啥無聊的東西，都有觀眾喝采鼓掌、打賞留言。自己的直播間不再寂靜，不再蕭條，越變越熱鬧。

這變化讓品嘗過的周傑欲罷不能。

直到幾日後，周傑在深夜一如既往準備關掉直播，下播時，突然，一條紅色彈幕飄了出來。彈幕的內容很簡單，只有一個意思。

那就是，假如他關掉直播，又或者關掉手機，他就會死。

直播不能停，他的一切，吃喝拉撒睡都必須暴露在直播鏡頭下。

周傑這才明白，自己被詛咒了。他很謹慎，私信詢問了好幾個要好的主播。結果不言而喻，有些不以為然、不信邪的主播們紛紛暴斃。

沒人能夠逃脫。

周傑足夠聰明，也足夠謹慎，甚至還有一點小運氣。

他再也顧不上當啥網路主播，小命更重要。

周傑花了大量時間，深入調查孤隱村的前塵往事。終於明白了一件事情，那個所謂的直播之神，絕對是個邪門的東西。

上世紀五六〇年代，正處於唐國的十年大饑荒，餓死了千千萬萬的人。而本就貧瘠的孤隱村，更是不堪，處於崩潰的邊緣。

直到村長不知道從哪裡，弄來了這個靈位，想出直播賣淫的偏門方法來賺錢。他們賺錢的方法聽起來簡單，可操作性很強，但在那個年代，要是被查獲，無論是嫖客還是孤隱村村民，都會被判流氓罪。

但靈牌中藏著的邪惡怪物，卻能保護他們不被發現。一如現在被詛咒的主播，除了不能關掉直播外，無論你直播啥違禁畫面，網警也視而不見。他們的直播間，都在網警的眼皮子底下，被忽略了。

孤隱村利用靈牌擺脫了饑荒，不再因飢餓而枉死，在全民都窮的年代，甚至賺了大把大把的鈔票。你看，在上世紀五六〇年代，孤隱村就已經積累了原始資金，將村子修繕得如此雄偉壯觀，富麗堂皇。

調查到這裡，周傑只感覺不寒而慄。畢竟孤隱村的村民，在一夜間全都消失了，這就證明，那所謂的直播之神，是真的邪惡的存在，並非無害。它哪裡會真正的幫助主播，這些被詛咒的主播們，不過就像是被飼養的家畜般，詛咒不斷汲取觀眾們的注意力，來將主播餵肥。

等到足夠肥美時，那怪物，就會將成熟的主播吃掉。

沒有人能夠逃過這可怕的詛咒。

聽周傑將事情的前因後果講完，夜諾沉默了片刻。其實周傑講述的事，有很多地方和夜諾的猜測不謀而合。畢竟這眼鏡男周傑，體內的穢氣極高，應該早已經成熟了。只不過他用了什麼手段，將自己隱藏得很好。

「你就是靠這些孝帕子來隱藏自己的吧？」夜諾問。

周傑點了點頭。咬牙切齒的說：「沒錯，這些孝帕子來自我的老家。當我知道自己被詛咒後，就去求我爺爺。我爺爺是村裡的陰陽，非常有名。他看了我一眼就臉色大變，求爹爹告奶奶的，去附近村子高價收集孝帕子。

「這些孝帕子帶著死亡的鬼氣，我爺爺又折壽施下秘法，這才幫我隱藏住體內的詛咒，讓我不會暴露在那靈位的邪物眼中。爺爺說，這是以毒攻毒的辦法，用鬼制鬼，但是無法長久。爺爺沒說錯，詛咒在我體內越積越多，我已經快要壓不住了。」

夜諾冷哼一聲：「你哪裡是快要壓不住，其實你早就壓不住了。只不過夠狠毒，讓別人替你受死。」

夜諾終於將一切都弄明白了。

這個周傑不簡單啊，人品比他看起來老實的外表，可惡毒多了。他伺機在同樣被詛咒的主播的直播間中，發紅色彈幕，引誘主播們停留在某個地方。然後用孝帕子佈下穢術結界。孝帕子中帶有的死亡氣息，會引來弱小的魑魅魍魎。

魑魅魍魎在孝帕子的穢陣中，迅速將主播們體內的詛咒催熟，同時留下自己的味道。這法門想來也是周傑的爺爺教的，這兩爺子，都不是啥好人，連這麼歹毒的法術都敢用。

而成熟後的主播，會被詛咒的主人吃掉。那穢物會誤以為自己吃掉了周傑，一次又一次。只要感到危險了，周傑就會靠著這邪惡方法，來救自己的命。

這傢伙為了活命不擇手段，也不知道有多少主播，直接間接被他害死。甚至他為了活命，還不斷的散播詛咒。

吃主播的穢物固然可恨，但這周傑也陰毒得很。

被看穿的周傑心裡惶惶然，他不知道夜諾將如何處置自己。畢竟他心裡清楚，自己一直以來做的事，確實不地道。

但夜諾並沒有將他怎麼樣，只是道：「帶我去孤隱村。」

「那個孤隱村很好找，你自己就能去……」周傑下意識的說。

夜諾淡淡的瞥了他一眼：「你還有用。」

「我還有用？」周傑沒聽懂這句話是什麼意思，但一股冰冷的感覺凍徹心腑。

第二天晚上七點，夜諾帶著周傑，站在了孤隱村的必經之路上。

這個村子確實詭異，哪怕是大晚上了，仍舊濃霧不散。淡淡的霧氣中，隱著凶厲的穢氣，彷彿在這平靜的深山中，藏著絕世大凶。

夜諾不由得謹慎起來。

周傑看著眼前翻騰的霧氣，不敢邁入哪怕一步。夜諾完全不理會他的心情，將他抄在手中，倒提起來，之後一步一步進入村子中。

兩人一點一點被濃霧吞噬，隱入縣道盡頭，封閉了接近八十年的孤隱村，展露在夜諾的眼前。

周傑沒有說錯，進村子的路只要方法得當，並不難找。但如果沒有那個在水晶直播上流傳的文章，想要將其找出來，也不太容易。

孤隱村的建築非常壯觀，很難相信是修築於上世紀的五六〇年代。就算是放到現在，這些普通的村居也是豪宅。可見在那個天災人禍的年代，這村子究竟有多富庶。

祠堂就在孤隱村的正中間，夜諾一路走來，嘖嘖稱奇。這整個村子就是一個巨大的儲穢陣，所以天地間的穢氣都被刻意的匯聚在祠堂中。

村子有高人指點，但那高人不安好心，顯然是想利用村子的天地靈氣，來滋養靈牌中的穢物。

夜諾走到祠堂前，這祠堂的大門敞開著。通體漆黑的祠堂，就算歷經八十年的歲月，卻也沒有留下時光的痕跡，嶄新寬敞。

雖然祠堂大門光潔發亮，但周圍生機全無，就連野草也滋長不出。一走入祠堂的範圍，就令人不由得渾身發冷。

透過大門，能看到那受孤隱村人供奉的，頂天立地的靈牌。

普通人看不出來，但夜諾卻能看到靈牌上，一股邪氣沖天而起。那穢氣的濃密驚人，直逼得夜諾喘不過氣。

夜諾用右手掐了個法訣，這才緩和了許多。

他有點心悸，實錘了，這靈位中隱藏著的絕對是個大穢物，而且來歷還不小。因為夜諾知道了靈牌的底細。

這靈牌看起來像是以上好的楠木製作，實則是百變軟泥。這穢物身分昭然若揭，絕對是數百甚至數千年前，被不知道哪一代的博物館管理員封印的。

夜諾對著牌位厲喝一聲：「滾出來。」

整個偌大的祠堂，都迴盪著他的聲音。沒有任何東西回應他，空寥寂靜，只有死氣。

夜諾一把將周傑扔在地上，又道：「這個人已經熟得不能再熟了，你眼饞吧？再不出來，我就殺了他，讓你再也吃不了這麼肥美的食物。」

那穢物顯然是個老饕，話音剛落，就感覺祠堂的瓦片全都開始搖晃。頃刻間，整個世界彷彿都在瑟瑟發抖。巨大的震動將藏匿於整個村落中的蛇蟲鼠蟻也都驚動了，牠們瘋了似的往外跑。

強烈的氣息猶如洪水猛獸，自洪荒中散發出來。那亙古不變的恐怖似乎能將空間撕裂。

夜諾怡然不懼，他看著周圍越來越濃重的詛咒。他看著無數詛咒，從百里甚至千里之外匯聚而來。

他只是抬頭。

靈位上的空間，被強大的詛咒和穢氣扭曲。一波波蕩漾著的空間碎裂開，靈牌內猛地伸出了一隻巨大的爪子。

那爪子足足有三公尺長，不久後，爪子的主人也掙脫出來。那竟然是一隻狐狸狀的穢物。高達十幾公尺，只不過是虛影而已的它，已經足夠可怕。

周傑竟然在那驚人的靈壓中，口吐白沫，直接暈死過去。

夜諾將他隨手一扔，和那隻狐狸穢物四目相對。

「有趣，不過是小小的除穢師罷了，居然敢威脅本狐。」令人驚訝的是，那穢物竟然口吐人言。

「狐狸？九尾狐？不對，尾巴不夠。」夜諾摸了摸下巴。這穢物仍舊被封印在靈牌中，但光只是虛影，就已經超過了蛇6級。如果在全盛時期，究竟會有多可怕？它的真身到底是啥？

「我不是狐狸，你才是狐狸，你全家都是狐狸。」那狐狸狀的穢物，聽到夜諾叫自己狐狸，竟然憤怒了。它一張嘴，滿口鋒利的犬齒，喉嚨裡衝出大量的黑霧。

大戰一觸即發。

以夜諾的實力，被那可怕的黑霧沾身，必定會化為一灘黑水。他用嘆息之壁將黑霧擋住，之後甩出了一根金燦燦的鞭子。

那鞭子迎風而漲，在狐狸狀穢物驚詫的尖叫中，將它死死纏住。

「捆仙索，你怎麼會有捆仙索！」狐狸狀怪物恐懼的吼道。

「想知道？偏不告訴你。」夜諾俏皮的一笑。

「就算有捆仙索，你也只是個實力低微的蠢貨。」穢物也冷笑著：「除非是神明，否則凡人驅動捆仙索是要用命來換的。你頂多再活得了兩秒鐘！」

兩秒鐘之後！

「不可能，一定是我看錯了，你隱藏了實力。可哪怕你是A級除穢師，也最多只能再活三十秒。」

三十秒之後！

「不可能！」狐狸穢物憤怒的嘶吼著：「你到底是誰，為什麼你用了捆仙索還不會死。你！你！」

狐狸穢物彷彿意識到了什麼，更加驚恐的瞬大雙眼，難以置信的喊道：「難不成，你是，你是……」

「聒噪！」夜諾再次冷哼，他的手指對準穢物，發動了準備已久的除穢術！

一道白光猛地從天際落下，那潔白的顏色彷彿能掃除世間一切邪惡。

白光落盡，夜鳥驚飛。

孤隱村終年不散的白霧，被這白光驅淨。在無數城市中，那些被詛咒的絕望主播們，突然感覺自己舒坦了許多。

困擾了他們許多晝夜的詛咒，竟然就這麼毫無預兆的，煙消雲散。

而隨著詛咒落幕的，是他們懸崖式下跌的粉絲數，以及被詛咒掩蓋後自暴自棄違禁直播的主播們，被網警們送來的封禁關懷。

箇中滋味，到底是被眾人捧月，享受著來自粉絲們的追捧重要。還是詛咒被驅散，卻從雲層落入凡間更令他們痛苦？

沒人知道。

畢竟，這裡是從出生到死亡，都痛苦的人間。

——尾聲——

幾日後，夜諾提著一個包裹回到了春城。包裹中是這次的任務目標，封印著陳老爺子骨頭的青銅盒子。

這盒子被人藏在祠堂下，究竟有何用意，令夜諾百思不得其解。隱藏青銅盒子的人，究竟是利用陳老爺子的屍骨來鎮壓狐狸穢物，還是用狐狸穢物來隱蔽陳老爺子屍骨的氣息，很令人費解。

夜諾猜測，恐怕是後者的可能性居高。畢竟狐狸穢物，無論它從前多麼可怖，也是遠遠不及陳老爺子的屍骨，那麼引人垂涎。

至於隱藏在孤隱村中的那隻穢物，夜諾也搞清楚了它的來龍去脈。

這穢物，在某種意義上而言，確實是直播之神，是直播界的網紅。它老媽甚至可以說是古代最早的網紅直播。

《山海經》裡記載，青丘之山，其陽多玉，其陰多青雘。有神獸，其狀如狐，而身九尾。其音如嬰兒，愛食人，食者不蠱。

歷史上最出名的九尾狐，恐怕就是商朝迷惑紂王的妲己。據說禍國殃民的妲己被除穢師殺死後，她和人類所生的混血子嗣，全都四散而逃。

其中之一跑去了東瀛日本，迷惑了鳥羽天皇。

又一，至今不知所蹤。

而其中有一隻，卻始終混跡在人間，輾轉於青樓煙雨中。在被封印前，它化名為古心瑤。那一年，唐朝盛世。那一年，它是這座古城，最美麗的藝伎。

狐妖古心瑤長袖善舞，它的才藝，它的美名揚萬里。就算是當朝天子，也曾拜倒在它石榴裙下。

人們愛看它跳舞。它跳舞時總會隔著一層朦朧的紗，曼妙的舞姿讓萬千人陶醉。沒有人看到過它真正的模樣，只知道它很美。

美得傾國傾城。

但只要是狐妖這種穢物，天生就愛食人。這是天性。古心瑤和她的母親蘇妲己一樣，都愛食用經過自己精心培育的人類。

甚至對古心瑤這種雜種穢物，只有食用了符合條件的人，它才能變得更加強大。

最終，成長為有著九條尾巴的妖獸。

用妖術吸引別人的注意力，讓為自己瘋狂的腦殘粉，像是圈養的畜生一般生長，本就是天生就會媚術的狐妖們的飼養手段。

古心瑤很有耐心，它潛伏得很深，不斷挑選著能夠變成美味佳餚的人類，將其伺機吞噬。

這傢伙在人間足足潛伏了數百年之久。

一次偶然，它吃了一個不該吃的人，才被除穢師們發現了真身。無數A級除穢師聯手，但古心瑤實在太強大了。它幾乎殺光了所有攻擊自己的除穢師。

直到一名平平無奇的男子出現。

那名男子明明渾身沒有任何力量，但偏偏給古心瑤一種極為危險的感覺。他們大戰了一場，已經修煉到足足有六條尾巴的古心瑤，敗了，慘敗。

它被封印在靈牌中，再也無法翻身。

經過千年歲月，不知為何，封印它的牌位，被孤隱村的村民偶然發現。古心瑤大喜，它蠱惑了村民。

讓他們成為了自己養殖的食物，利用這些能量，它終於將靈牌的封印破開一絲縫隙。能夠利用更多穢氣的它，再接再厲，將詛咒下在這些突然跑來祭拜它的愚蠢主播們身上，妄圖借用主播們來散播詛咒，吞噬更多人類，最終衝破這塊靈牌，逃出生天。

這就是一切的前因後果。

可是，夜諾查清楚真相後，依舊疑惑不已。還有許多的真相隱藏了起來，根本就沒有查明。例如：是誰將陳老爺子的屍骨，埋在了孤隱村的祠堂下。是誰將封印古心瑤的靈牌給了孤隱村？

而又是誰，把孤隱村的位置散播出去？在水晶直播的論壇上，是誰發的文，給古心瑤冠上了直播之神的名號，讓古心瑤能夠利用主播，試圖逃出去？

這一切的一切都是謎。

夜諾總覺得背後有一個驚天大秘密。有什麼人在散播著某種陰謀，試圖將一個個陰謀編織成一張大網。

而他們的目的，是啥？

那些個神秘的勢力在蠢蠢欲動。結合最近動盪不安的局面，以及龍組許多反常的地方。

夜諾有種風雨欲來的感覺。

他隱隱的嗅到，可能最近真的有大事在暗流洶湧，等待著伺機爆發！

回到春城的那天早晨，陽光明媚。

夜諾的口袋裡突然鑽出了一隻小狐狸，這隻小狐狸長得極為乖巧，漂亮的白色皮毛，還有毛茸茸的蓬鬆小尾巴，顯得憨態可掬。

手掌大小的白狐，親密的爬上夜諾的肩膀，用臉蹭了蹭夜諾的臉。

陽光照射下，這一人一狐顯得極為愜意。

但只有強大的除穢師，才能看到令人毛骨悚然的一面。在一人一狐背後那拖曳的長長影子中，夜諾的影子顯得極為奇怪。

有一隻巨大的張牙舞爪的猙獰狐狸狀怪物，掩蓋了他的影子。這怪物身有三尾，尾巴猶如孔雀開屏般舒展開。

濃濃的邪氣令人不寒而慄。

「主人，我們去哪裡？」那隻在肩頭上趴著的小白狐竟然口吐人話。

夜諾絲毫不覺奇怪，他只是伸了個懶腰，淡淡道：「我們先去一趟春城的劉家。有件事情該算算總帳了。」

「嗯嗯，最喜歡主人了。」小白狐聽話的又蹭了蹭夜諾的臉，它黑乎乎的雙眸中，全是狡猾的笑。

這一天，春城的天，被一隻狐狸，給掀開了。

——本集終——

作者　夜不語
總編輯　莊宜勳
主編　鍾靈
責任編輯　蘇星璇

夜不語作品 47

怪奇博物館 202：見鬼直播

國家圖書館出版品預行編目資料

怪奇博物館202：見鬼直播 ／ 夜不語 著.
— 初版. — 臺北市：春天出版國際，2022.12
面；　公分. —（夜不語作品；47）
ISBN 978-957-741-478-6（平裝）
857.7　110018007

ISBN 978-957-741-478-6
Printed in Taiwan

出版者　春天出版國際文化有限公司
地址　台北市忠孝東路四段303號4樓之1
電話　02-7733-4070
傳真　02-7733-4069
E-mail　story@bookspring.com.tw
網址　http://www.bookspring.com.tw
部落格　http://blog.pixnet.net/bookspring
郵政帳號　19705538
戶名　春天出版國際文化有限公司
法律顧問　蕭顯忠律師事務所
出版日期　二〇二一年十二月初版
定價　280元

總經銷　楨德圖書事業有限公司
地址　新北市新店區中興路二段196號8樓
電話　02-8919-3186
傳真　02-8914-5524